Up The North

张惠雯——著

在北方

北 京 出 版 集 团
北京十月文艺出版社

漫漫长冬的开始
——张惠雯小说集《在北方》前言

宋明炜

1　有选择权的女性

张惠雯一家从休斯敦搬到波士顿，2018 年 7 月底我们初次见面的时候，她送给我一本新出的小说集《在南方》，而那时，她已经完成了本书收录的写作时间最早的一篇小说《沉默的母亲》，故事发生地点明确标明是波士顿，有一段情节甚至就发生在新英格兰水族馆。接下来的几年中，张惠雯的许多小说都以新英格兰为背景。我们这些熟悉的朋友都开玩笑说，下一本书应该是《在北方》了。张惠雯在2021年出版《飞鸟和池鱼》，书中收入的都是“返乡”故事——“回到自己外省小城的家乡”，有意识地没有收入任何一篇新英格兰故事，直到今年，她果真不负众望，把这一组背景在新英格兰的小说就结集为《在北方》。

张惠雯的创作从新加坡留学时代开始，她最早写的小说具有一种想象的乡愁，富有诗意，虽然写出的世态人情惟妙惟肖，却并非来自现实经验，如早期模仿沈从文《边城》的文字老到而意蕴自然的《古柳官河》，写新疆草原上爱的萌动的田园牧歌一般的《爱》，写乡村中一位妇人凭着一点善意在艰难中施与爱的《路》——这三篇已经足以奠定张惠雯在文坛的重要地位。她也写过新加坡，如惆怅、忧郁的《在屋顶上散步》:“画面像易散的云彩一样在我眼前飞跑着飘逝”，也有写意的抽象的《蓝色时代》，超现实地把世界如一个谜那样呈现的《水晶孩童》。张惠雯成熟的代表作是《两次相遇》，凭着这篇小说，她把自己的文思嫁接在世界文学的脉络里，曾经是绝美的相遇，在第二次相遇时，现实和记忆发生了强烈的对比，但美的还是美的，她要捕捉的是在“一切光线、色彩和阴影之中”曾经闪亮的美好与善良。

十几年前，张惠雯移民来到美国，她的小说一半是继续写记忆或想象中的“故乡”县城故事；一半是从朦胧渐渐变得真切的在地美国故事。后一组故事的虚构性其实更强，如她写南方的《醉意》和《岁暮》都极具戏剧冲突。但我总觉得，这两组作品在精神上是相通的，因为好的小说不以地域为限制，更不在乎“海外文学”还是“乡土文学”的标签。好的小说具有伦理自觉，能建立独特的美学追求，探索人性的秘境。写还乡故事的《飞鸟和池鱼》与写新英格兰经验的《在北方》之所以相通，是作家比以往更多了一些敢于直面黑暗，如同面临深渊一般的感觉。因此我借用《飞鸟和池鱼》中一篇小说的标题，称张惠雯在面对一个不断“失去”“梦想破灭”的时代时，让自己勇敢起来，让那些失去的美好与理想在文字中重新活过来。至少在她写的这些作品中，小说，就是“临渊写作”。

这一次结集为《在北方》的九篇小说，有四篇以男性为叙述角度（包括套层结构中的《双份儿》和《奇遇》），但所有这些小说叙述的重心较为统一，都是处于弱势、被动地位，“沉默”的、被契约或情感所束缚，甚至感到内疚、忧郁和绝望的女性角色，无论这些女性处在可以发声的叙述者地位，还是只有被叙述的被动地位，张惠雯的小说都让我们感到她们或张扬，或隐匿，或被压抑的对自由的追求。这些小说的核心问题是那样古老，但依然处在时代前沿的问题：女性如何在爱情、婚姻、亲情和社会关系中做出选择，才能保持独立的人格。在张惠雯的九个故事中，她们有的失败了，有的也许从未真正觉悟到独立人格在人生中的必要性。但作家从旁观角度的叙述，已经暴露出问题的核心——在人生的中途，如何找回那已经失去的自由，即便那自由永远也没有了，绝望的无声也是需要表达出来的。这是我在通读（重读）了这九篇小说之后的强烈感受。这样的主题无疑是作者以前也写过的，如《两次相遇》和《昨天》，但那时候作者处理的是已经逝去的美在黯淡现实中的一瞬间的韶光重现，如两篇小说都用男性视角，但却没有给女性角色一个做出改变的时空可能性。

但在新英格兰故事中，女性角色有了自己的反抗可能，无论多么卑微，或是无效的行为，她们敢于看到深渊，做出抉择，甚至采取行动。

2　勇敢人的新英格兰

很久以前我想过写一篇文章，题目是《新英格兰勇敢的女人们》，现在我已经忘记具体要写哪些人物了，我大概是想表达一个意思，新英格兰不仅男人勇敢，这里也有很多勇敢的女人。新英格兰是勇敢的人造就的地理和人文概念。“五月花号”带来的善男善女，缔造了一种生死与共的契约精神，面对荒野要生存下去，在人世间每个个人都是自由的，这和大英帝国建立的繁荣的弗吉尼亚殖民地詹姆斯镇的气质不一样，也与南方新法兰西的贵族化十分不同。所谓新英格兰是指美国东北部的六个州：缅因、新罕布什尔、佛蒙特、马萨诸塞、罗得岛、康涅狄格，居民多为“五月花号”的后代。这六个州与美国其余地方之间横亘着庞大的纽约州。在18世纪富庶的南方人看来，这是北方苦寒之地，也是遍地刁民的所在。莱克星顿响起独立战争第一枪，新罕布什尔在 1776 年率先独立，宣称“不自由，毋宁死”，波士顿律师亚当斯在大陆会议中，费尽口舌说服富庶的纽约州和南方各州加入独立运动。如今平静的查尔斯河两岸曾经是叛军与英军对峙之地，华盛顿将军的指挥部就在哈佛大学校园内，而耶鲁大学校园内竖立着因为参加独立战争被英军处死的年轻学生内森·黑尔（Nathan Hale）的铜像。正是在新英格兰地区，一种前所未有的国体和制度诞生了。此后的一个世纪中，新英格兰地区成为美国文化的中心，这里建立了四所常青藤名校，以及许多著名的文理学院，包括七姊妹女校中的四所。围绕着康科德和波士顿，诞生了美国超验主义，爱默生为年轻的美国构筑自己的哲学和伦理学，他的弟子梭罗的历史地位，不仅在于他开创了自然主义的环境意识，还在于他写出了惊世骇俗、影响至今的《论公民不合作的权利》。在新英格兰诞生了最初有全国影响的女作家们，如以一本《汤姆叔叔的小屋》普及废奴主义思想，从而影响了整个美国命运的斯托夫人；写出女性追求自由精神的《小妇人》

的作者奥尔科特；以“抽屉文学”的方式，在孤独中写出女性心声的诗人艾米莉·狄金森；为美国镀金时代坚守“纯真年代”的小说家伊迪丝·华顿；写出《美丽的亚美利加》的诗人凯瑟琳·李·贝茨；20世纪第一个获得普利策奖的女作家，最初以直白的诗句写出女性独立精神的诗人艾德纳·圣文森特·米莱，她被英国大诗人哈代和美国批评家威尔逊同时称赞，堪称浪漫主义诗歌的最后一位英语大诗人，她的双性恋的生活方式也成为后来的传奇。之后现代主义来了，意象主义诗人艾米·洛厄尔紧随米莱之后，是第二位获得普利策奖的女诗人。活跃于波士顿的伊丽莎白·毕肖普则是20世纪标志性的女性诗人，以及出生在波士顿近郊威尔斯利镇的两位具有强烈女性主义意识的诗人希尔维亚·普拉斯与安妮·塞克斯顿，她们的赤裸“自白”与选择“自杀”的命运，都传达出这片土地上的不安。在新英格兰的森林和湖泊中，有着被囚禁的灵魂、被剥夺的人生、被压抑的呼号。在启蒙和文明的摇篮里，也有黑暗之心。新英格兰文学有独树一帜的哥特传统，在波士顿出生的爱伦坡毕生都在书写新英格兰的黑暗阴影，出生于罗得岛的拉夫克拉夫特针对工业社会丧失灵性而发明流传至今的克苏鲁神话，来自缅因州的史蒂芬·金所创作的恐怖小说至今畅销全球。

张惠雯在《奇遇》中提到了霍桑的短篇小说《威克菲尔德》，一个似乎是因为非理性的一时冲动而决定突然离家的男子，把自己藏起来，暗中观察自己的家庭，这一切都没有任何实质目的。这个人因此而走出了循规蹈矩的日常生活，他为此痛苦，其实充满了后悔与哀怨，但他必须要压制回归舒适生活的欲望，继续躲藏下去，直到有一天，他像什么都没发生那样重新走回家门。（Nathaniel Hawthorne, *Wakefield*, Tales and Sketches, New York, NY: The Library of America, 1982, 290-298.）同在康科德文人圈中的霍桑，曾在发生过女巫案的塞勒姆担任海关关长，他住在七个尖角的大屋里，写出深沉反思宗教与人性的《红字》和《七个尖角顶的宅第》，他揭示出新英格兰文明的另一面：清教徒的虚伪和人性中与生俱来的罪恶。在《好人布朗》中，年轻的忠于信仰的布朗，在一个夜晚走进塞勒姆的丛林，发现所有的村民，包括他的妻子菲斯（Faith，意思是信仰），都被魔鬼诱惑，天亮之后他眼中看到的世界已经暗无天日，依然保有纯真信仰的他，只能在孤独和恐惧中度过余生。与霍桑同时期的梅尔维尔则在《白鲸记》中用荷马史诗的写作方式描述出大自然不可触犯的威力与人类因为自以为是而注定覆灭的悲剧。

但曾几何时，这一切似乎都过去了。到 21 世纪，建立在灯塔山的波士顿，成为美国自由精神的堡垒，灯塔山在波士顿不是象征，而是一个真正的地方。即便当美国民主在整个世界范围内都在衰退的时候，波士顿和周围的六个州（包括纽约州）也仍在灯塔山的光芒照耀之下。

3　在北方的女人们

写了这么多，回到张惠雯的《在北方》。这些小说都有很强的在地性，这些小说与写南方移民生活的有一些不同侧重，写的是生活在新英格兰的人们，特别是女性，如何面对各种形式的压迫，这决定了她们能否选择独立生活在北方——异乡。这些故事都体现出对自由的追求、对独立人格的信念，或是对人性中未知或黑暗面的觉察。《钻戒》的女主人公在关键时刻，选择分手，她买下未婚夫送给她的订婚钻戒，为的是不让他承受经济损失。许多年过后，未婚夫过上了心满意足的生活，“他对生活非常满意，也没有像他哥哥担心的那样变左，而是成了特朗普的信徒。我想，他一定知道我没有结婚，因此把我看成生活的失败者。他不知道，让我害怕、退缩的恰恰是他追求的那种生活”。在这篇小说中，选择分手，拒绝一种安稳、平庸的生活，体现了女性的勇敢，她把买下来的订婚钻戒戴在小拇指上，“它和婚姻没有任何关系，只是一个美丽而无意义的装饰”。这一行为，让人想到台湾作家朱天心三十年前在《蒂凡尼早餐》中描写的寻求经济独立的一克拉女人。

另一个写分手的故事《黑鸟》中，主人公的美国男友借公平原则在钱上分得清清楚楚，以至于主人公最终意识到这样的“公平”其实不是平等，她关心的除了金钱，还有情感，还有生命。当她在乎被风吹掉鸟巢的黑鸟的命运时，男友用理性的方式看待这件事，即鸟应该按照自然的方式生活："别担心，它很快就会再盖一个窝。它总能再找到一个家。"但主人公逐渐觉悟，他们的生活中，制定和遵守原则的一直是男友，而她一直只能委屈让步。当她提出要在房屋所有权上也加上自己的名字时，坚持理性公平原则的男友认为她没有付出足够的资金，所以这不合理。但她要的契约不仅是经济意义上的，也包括感情的付出。两个人在价值观上发生了最根本的分歧。最后，已经五十多岁的女主人公决定离开男友：

> 那天早上，她一个人悄悄地离开岛上，没有向邻居们告别，也坚持不让格利克送她，说这样可以避免不必要的伤心。在此之前，她的东西都已经分批打包寄走了。当她站在岛上的码头等船的时候，她想到他们第一次来岛上看房子的那天，雨和海雾连成一片，那时她以为这里就是终点……只有她一个人在等船。大西洋上的晨雾渐渐变得稀薄，像牛奶被水稀释，最终于阳光中消散。她想到过去的那些恋情，那些模糊

> 了的男人的身影、褪色的场景、破碎的片段，它们也像晨雾一样慢慢稀薄、消散，不留影迹。又一次，她失去了爱人，失去了家。后来，她登上那庞大的破船，独自一人坐在船舱最后排，在船身震荡的颠簸和发动机的轰鸣中离开了码头，眼见那熟悉的岛越来越远。她想起去年冬天站在白橡树孤枝上的那只黑鸟，格利克说过，“它总能再找到一个家”。

这样一种面对蛮荒一样的渊黑世界，在痛心之中仍敢于做出忠于内心声音的选择，是张惠雯笔下女性最不幸，但也最了不起的瞬间。这个选择看起来卑微和委屈，没有《钻戒》中的从容，因为已经失去太多，无可挽回了。但在《沉默的母亲》中，女性连选择如何生活的机会都没有。与作者核实后，我了解到这篇小说先后写了三个母亲。第一个故事中，沃克太太被描述为一个生活中处处都在被动位置的中国女人，她在国际联姻网站上被沃克先生看中，他们的婚姻看似一帆风顺，但就在日常的交接中，沃克先生的严肃令她生畏。更重要的是，她越来越感觉她在沃克先生的生活中扮演的角色就是孩子的母亲，她先后生了三个孩子，圆了沃克先生要有一个大家庭的梦想。但她却没有经济自主权，当国内家人急需钱的时候，沃克先生“合理地”拒绝她的要求，她因此出现了忧郁症、厌食症……潜在的各种危险，沃克先生虽然看在眼里，但全然不知她为何这样。第二个故事，写了一个初为人母的女性，写她和丈夫、孩子在水族馆一天的遭遇，她被先生苛责后感到羞辱、痛苦和委屈的心境，在这个时刻，她看清自己人生的本质不过就是妥协和忍受，为了小女儿，她选择忍耐。第三个故事，则是一个父亲对已经长大成人的儿子讲述已故母亲的故事，她在儿子五岁后独自回国，再没有回来，她突然决绝地自杀了。父亲完成了职责，说出真相。但真相在哪里呢？儿子其实早就暗自弄清楚了自己母亲的故事，他爱着沉默的母亲，但他知道这中间最令人伤心的是“我们无从知道她那幽暗的内心世界里究竟发生过什么，而她最终选择了沉默，选择把那扇门永远向我们关闭”。

《二人世界》写的主人公比沃克太太多了一个选择的机会，她有了一次婚外恋，但这只会把事情弄得更糟糕。

她逐渐发现自己丧失的，是爱任何男人的能力。她的爱情被母爱代替了。“她的世界变小了，小多了，小得只剩下他们俩围着个果核般的微型宇宙中心规律地、日复一日地运转。”这篇小说中的“二人世界”，不是指恋人的世界，而是母亲和孩子的世界。在小说最后，她断绝了与情人的来往，后来等待丈夫回家，当看到丈夫安全进门的时候，她感到如释重负，却没有去迎接丈夫，而是冷静地去厨房做饭。我想这个女人选择为了母爱而牺牲自己的自由，她在今后也需要很大的勇气，来面对这样严苛的日复一日的寻常生活的考验吧。

《朱迪》是一篇在主题上有所不同的小说，作为单亲妈妈的主人公认识了美国朋友朱迪，也认识了朱迪的丈夫乔伊。乔伊很喜欢主人公的孩子汤尼，渐渐地在他和主人公的关系中，因为汤尼的原因发展出了一个不包括朱迪的关联。这个关联终于在一个最无辜的时刻被误解了，朱迪退出主人公的生活，而“我”在反省中意识到“我”和乔伊极有可能有一天跨过边界，只是乔伊的教养让他有着比常人更多的克制力。虽然如此，在又一次意外地与朱迪重逢（但相互都没来得及打招呼）之后，“我”假设如果有一天和乔伊重逢，即便朱迪不在那里，他们都是自由的，“最后我们大概会发现，那些渴望都已经熄灭了，人生就是这么荒唐，这么令人心碎”。这篇小说的主人公不是在爱情或婚姻关系中委屈，而是在被误会之后感到失落了“纯真”。只是她能像《纯真年代》里的纽兰·阿彻尔那样选择吗？纽兰是最后一个用道德意志克服个人欲望的美国君子吧？还是她只有面对“纯真”失落，但又没有接受自由的勇气，只能在妥协和失落中了此残生？

《玫瑰，玫瑰》是最具有新英格兰哥特式神秘色彩的小说，也是整本书里色调最黑暗的一篇。叙述者“我”驱车深入美丽的缅因州，看望一个过去的女同学，但在那个被玫瑰围绕的白房子里，他发现室内因为充满着中国工艺品而显得与周边风景格格不入，而且这家人的生活就像那些干枯的玫瑰一样。在夜深人静的时候，他有所感悟：

> 我最初只是把他们当成一对枯燥乏味、以展示物件和富有为乐的夫妇，但这几天里，我不时从这里、

> 那里得到一点儿难以解释的发现，仿佛晦暗不明的微光，证明我最初的印象是肤浅的。最后，这些发现的微光连成了一个小小的火炬，让我觉得凭借它我可以走过某条幽暗的通道、发现藏在这个深宅里的秘密。可是，话说回来，我为什么要窥探别人的秘密呢？我为什么在揣测、猜疑那扇门后面可能发生的事？我察觉到一种危险：我仿佛跳进了他们这个与世隔绝的、华丽而诡异的笼子，在这里，生活如此缓慢，时间如此漫长，连我自己也在变得怪异，变得毫无必要地敏感，睡眠比以前更糟……我想最好是尽快离开。

真相是看不见的。《玫瑰，玫瑰》也许是整部小说集中最完美的一篇，叙述者也在观察中理解了女主人公，他不能接受他们那样的生活，但他暗自痛惜女同学的处境，开车离开的时候——也是小说最后一句话："从后视镜里，我看见男人反身离开，她还站在车道和马路的交叉口那里，不离开，也不挥手。我看着她的影子越来越小、越来越快地往后飘去，像一片被风卷走的枯叶。"这是一篇像霍桑风格的故事，哥特气氛十足，也有着亨利·詹姆斯的精准语言和犀利的心理刻画。

《在北方》中采用契诃夫套层叙述结构的两篇小说《双份儿》和《奇遇》都是男性叙述的有关女性和欲望的故事，这种夹了一层的故事讲述方式，突显出男性以自我为中心的、自以为是的道德感。但倾听男人讲话的女人会说出“像你这样的男人”——这句话戳破了男人“明知卑劣、罪孽却始终舍弃不了的生活”。在利益和道德上都占有“双份儿”，而两个故事中被叙述的女人，都被男人看作需要被拯救的弱者，但男人根本连女人的需要都不理解，又哪来的拯救呢？

《雪从南方来》写了一个男人的生活，他独自养育女儿长大成人，这中间曾有过一段极其难得的感情。在感恩节之夜，大雪跨越整个北美，来自休斯敦，经过纽约，到达波士顿。在这个雪夜，女儿的一封电邮揭露了一个许多年前的秘密，这关乎那段感情的终结，女儿向父亲请求原谅。但他并不责怪女儿，而是醒悟当初，他对那个爱着自己的女人的伤害。“他对她做了极其卑劣的事。难道他真的认真判断过他应该相信谁吗？他真的想听她的辩解吗？他只是选择了一个对他而言便利的解决方法，他只是急于摆脱那种困境，回到他以前的生活……”这个男子感到内心强烈的刺痛，此时下雪了，“他在想是否应该走出去拍张照片，像他们那样发到朋友圈里，宣告他这里也在下雪。但他还是打消了这念头。这是件奇怪的事，各处的人们都在为一场新雪激动、振奋，而它不过是漫漫长冬的开始”。

《在北方》写出了在北方的勇气，我们——无论女性还是男性——如何在一个并不公平、充满了千疮百孔的世界中通过艰难的选择，来维护个人的独立、伦理的自由、公民的自为。这是一个老问题了，斯托夫人、霍桑、梭罗、狄金森、米莱、普拉斯、塞克斯顿都曾经问过的问题；梁启超、鲁迅、胡适、巴金、萧红、张爱玲、胡风、殷海光、遇罗克、舒婷、残雪、翟永明也都问过的。新英格兰经历了退耕还林，如今无论四季，都有美得令人窒息的湖光山色，在今天，无论新英格兰还是中国，都相对提高了物质和精神的水平，但这些基本问题仍有必要被追问。张惠雯的《在北方》深入肌理地写出选择的艰难，甚至绝望，但每一个女性角色，都在挣扎，为了那一口气，在“漫漫长冬的开始”，让自己像一个真正的人那样活下去。令人震惊的是，这样一件简单的事，其实并非易事。

2023 年 3 月 11 日

马萨诸塞州威尔斯利镇

原刊于《扬子江文学评论》2023 年第 3 期

目 录

雪从南方来

雪 从 南 方 来

1

预报今天有雪，是这个冬天的第一场雪。吃早餐时，他又查了一遍当日天气状况：预测中的雪会从晚七点开始下，七点降雪的可能性是百分之七十，八点降雪的可能性是百分之九十。

他夜里睡得不好，早餐有点儿食之无味。最后，他把没吃完的、已经变硬的烤面包片倒进厨房的垃圾桶里。咖啡凉透了，但他还是把它喝了。他把餐盘、咖啡杯洗干净，放在控水的餐具架上。不锈钢餐具架和悬挂在它斜上方的那些酒杯一样，擦得发亮，发出银色的光。灶台上同样一尘不染，像黑色的镜面。对着石头台面的吧台，并排放着两张褐色带靠背的皮质吧椅，一把明显磨损得更厉害——他一个人就坐在吧台那儿吃饭。他背后那张六人座的长餐桌上空空荡荡，既没有餐具、桌裙，也没有花。

他打开电脑，开始在记事簿上列下一日事项：

1. 查看公司邮件

2. 回复小敏的邮件

3. 清理车库、为下雪天做准备

4. 解决午餐

5. 去公司

他习惯在记事簿里写下一条条标注着数字的事项安排，即便可记的事越来越少。他不知道这样是否真能提高效率，或者只是为了让生活看起来更充实、有序。这个早上，在他脑海里不断浮现出来的始终是女儿那封邮件。他想他今天务必要给她回一封信，至少让她知道他已经看了邮件，不必再为此担心。

小敏很少给他写电邮，她喜欢发手机短信，那是最简单的方式。如果是她认为比较重要的事，她会给他打电话。她去纽约读大学前，他们之间有个约定：每周通一次电话，每个月至少见一面。除了假期，每月一次的聚会，几乎都是他开车去纽约看她。后来，她有了男友、工作，以及越来越多的朋友……他们俩每个月见一面的约定早已不知不觉被打破了，唯有一周一次电话的习惯保持下来。但她几乎从不发电邮。两天前，当他打开邮箱看到她的邮件时，他心里有种预感：这或者是惊喜，或者是什么不幸的事。

那封电邮是用英语写的：

亲爱的爸爸：

今年感恩节不能和你一起过了，我觉得抱歉，但我和几个朋友约好了，我们会一起在纽约过感恩节。我希望感恩节过后，工作和杂事都少一些。也许新年以后你能过来？不过，让我们先不要这么早决定。无论如何，我盼望我们尽快见面。

如你所知，我和蒂姆已经订婚了。时光飞逝！亲爱的爸爸，你能相信你的女儿马上快要三十岁了吗？当然，你会强调说只有二十八岁半。你总是说在你的印象里，我还是个小姑娘，但事实本身会吓人一跳。不过，你知道，我很享受我的成年生活。谢谢你在我的成长时期给我的所有支持。你上次问到结婚的事情。不，不，你的女儿还不想这么早结婚。在这一点上，我和蒂姆高度一致，在很多事情上，我们都能彼此理解。我们对彼此非常认真。蒂姆是我遇到的最理解我的人，这一点，我相信你完全同意我的判断。

我要告诉你的这件事难以启齿。亲爱的爸爸，其实，这几年来，我一直想告诉你。当我自己明白什么是爱情，什么是一种在生命里相互扶持、陪伴的珍贵关系时，当我明白这种事对我们每个人多么重要时，我为过去的任性而为感到羞愧。但我没有勇气告诉你。昨天，我把这件事告诉了蒂姆，我需要他的建议。他鼓励了我，让我给你写这封信，告诉你那件让人遗憾的事情的真相。

爸爸，你还记得那天晚上发生的事吧？我告诉你徐宁阿姨和我争吵之后把妈妈的照片撕成了碎片。但是，爸爸，那并不是她撕的。我让你看到的妈妈的照片碎片是我自己撕的。我那时候只有十二岁，我对你太依赖，太爱你，我害怕徐宁阿姨把你从我身边抢走，我不能想象会失去你对我的爱、深切的关注。是的，我当时总是威胁你说我要回去北京找妈妈，但那一点儿也不是我的想法。从五岁开始，我就和你生活在一起，我对妈妈并没有那么深的感情，也不能想象再回去和她共同生活。我现在回想，徐宁阿姨对我并没有冒犯，而我也没有其他讨厌她的理由，我只是不想让你忽略我。我看得出你多么喜欢她，否则你不会在我不高兴的情况下仍然让她搬过来和我们一起住。爸爸，从我五岁时你带我来到美国，我们相依为命，我一直觉得生活就是我们两个人的生活，家就是我们两个人的家！

你选择了相信我，而她离开了我们家……爸爸，但是我欺骗了你！请你原谅十二岁的我的幼稚、自私和嫉妒。很多次我回想起这件事都无法安宁，我为此哭过。我选择告诉蒂姆，因为我不愿带着这样的忏悔走进婚姻。他鼓励我告诉你，他要我无论多么惭愧，都对爱我的父亲诚实。爸爸，我可以自豪地告诉你，蒂姆是个高贵的男人。

爸爸，我折磨了你，也折磨了自己。我祈求你的原谅。如果可能，我希望我也能有机会对徐阿姨说出我的愧疚，祈求她的原谅。

爸爸，如果你愿意，你感恩节为什么不去得克萨斯一趟呢？你在那里应该还有不少老朋友吧？你可以去拜访他们。南方的冬天多温暖！我现在也经常想起休斯敦，毕竟从五岁到十四岁，我在那里生活了十年。也许不久后我会带蒂姆去休斯敦一趟，他很想看看我长大的地方。爸爸，去南方吧！现在公司并不需要你，理查德早已可以帮你料理一切。

很多吻，很多拥抱。

爱你的敏

这完全不是他意料中的邮件。它……实在是太出乎意料！那封邮件一直在他面前打开着，几分钟后，电脑屏幕黑下去，他再点一下键让它亮起来。他惊愕、困惑，坠入记忆的迷雾，像个突然患病的人一样不断用手指紧紧地按压额头。

2

他坐在那儿写那封回复的信。他感觉不能写得过于简短，但也想不出多么富有感情且足以安慰她的话。他不得不把她那封信重读一遍，一种往事突然涌来造成的时空错乱和晕眩感全然地笼罩住他。在电脑前呆坐半个多小时后，他写了一封半长不短的信。在第一段里，他告诉女儿他已收到她的邮件，他夸奖蒂姆，说他多么令人信赖，而他又是多么乐意把女儿托付给这样一个正直、诚实的男人。在第二段里，他说那件事他依稀有些印象。既然已经是很久以前的事，他们都不必再为此痛苦、愧疚，最好的办法是忘掉，但他仍感激她告诉他，她是个勇敢的孩子。在第三段，他说他会考虑她的建议，也许找个时间去温暖的南方一趟，他希望感恩节以后能尽快见到她，她应该明白，对他来说，这才是最幸福的事。

把邮件发送出去，他立即关上电脑，起身到车库里去，仿佛急于把它抛诸脑后。他上午得把车库整理出来。冬天之前，车都停在外面车道上。

天气仍然晴朗、干燥，没有雪的征兆。车库太久没打开，门“吱啦啦”卷上去，光线里立即飘满尘埃。隔一条街，对面那座房子的勤恳的男主人背着吹风筒，在吹草坪上的树叶，树叶翻飞的空中同样微尘飞扬。

车库里看起来一片狼藉。地上堆放着很多拆开的纸箱——除了食物以外，他几乎什么东西都从网上购买。靠近车库门口，立着笨重的高尔夫球筒，里面插着七八支球杆，旁边的地上扔着一袋袋的球，白色的袋子上和球筒、球杆上都落满灰尘。球袋后面，不知道哪年遗留下来的几桶油漆排成一排，地上扔着粉刷用的各种型号的刷子。他看到一个巨大的长方形纸箱，他蹲下身仔细看了箱子上的图案才知道里面装的是一棵仿真圣诞树。圣诞树的大箱子旁边放着好几个鞋盒大小的纸盒，盒子用白色的纸胶带封着口，胶带上是小敏用潦草的英文写的标注：圣诞树挂件、圣诞彩泡、雪花图案投影仪……当然，小敏早已不在家过圣诞节了。在她和蒂姆关系稳定以后，圣诞节和新年她都在蒂姆家过，感恩节是她留给他的唯一一个节日。往年的感恩节，或者她回家，或者他去纽约找她。当她在信里说约好了和朋友们一起过感恩节时，他明白她是委婉地告诉他也不必去纽约和她相聚了。

靠另一面墙堆放着他的“农具”：锄头、耙子、铁锹、短柄和长柄的铲子，还有各种型号的园丁剪刀，浇草坪的自动旋转喷头、手动喷头，盘成一团的乌蛇一样的水管……都是他春夏季节整理花园时用的。还有一辆墨绿色手推车，手推车后面靠墙立着一架折叠梯。折叠梯旁边，三个同等规格的透明塑料箱子摞成一摞，装着小敏的旧鞋子：扁平柔软、可以折起的船形鞋，细跟的舞鞋，网球鞋，跑鞋，夹趾的、草编鞋底的凉拖鞋，褐色羊皮长统靴，鞋口翻毛的短靴……他一直想把它们送到“救世军”的捐赠中心去，但好几年了，始终没有行动。转过墙角，在车库通往客厅的那扇小门左边，并排放着两辆自行车，一辆黑色，一辆天蓝色。温暖的季节里，沿“民兵小径”骑车，曾是他们俩最喜欢的周末活动。他们从贝尔福德小镇出发，穿过莱克星顿，一直骑到剑桥。他骑那辆黑色的车，她骑那辆天蓝色的车。那是她上大学以前的事。

这些经年累月积累下来的杂物，混乱无序地堆放在一个长久封闭的空间，每样东西都附着着一段旧时光，这情景颇像人的记忆：一堆时间遗留下来的、彼此之间没有关联却混杂在一起的东西随意堆放在某个昏暗的库房里，拥挤不堪，默无声息，潮湿，落满灰尘……他决定先用裁纸刀拆那些箱子，把它们压成纸板，然后把靠左边这面墙堆放的东西转移到右边去，把这些东西占用的空间规整、压缩，留出来停车。车库里没有暖气，阴冷，散发出陈旧、饱含灰尘的气味，幸好还有阳光照进来。

昨天夜里，躺在床上睡不着的时候，他试图理清他到美国后的生活线索：他住过哪些地方，在每个地方、每段时间里曾发生过什么……他发现有些东西他完全记不起来，有些时间和地点被他弄混淆了。譬如，一九九七年到一九九八年这段时间，他究竟是已经搬到得州糖城，还是仍然住在凯蒂区？那栋客厅里有架房东留下的橡木色老旧钢琴的房子究竟是他带女儿到美国后租的第三个还是第四个住处？那段短暂时光里，他和徐宁从她住的位于三楼的公寓窗户里望到远处那个湖，冬天的湖边长着发黄的荒草、干枯的芦苇，湖面上似乎永远笼着一层柔曼的雾气……那幅冬景是在二〇〇三年的年末还是二〇〇四年的年初、是在圣诞和新年假期之前还是之后？小敏出走那次，是住在她的女友泰勒家还是凯西家？……他被这些想不清楚的细节纠缠，而且无处求证。时间的难以衔接、某些细节的丧失，也许无关紧要。但当有关它的记忆掉进了黑暗无光、深渊般的遗忘之中，他生命中的某一段仿佛就有永久消失、不复存在的危险。在夜深人静的时候，这让他极度焦虑，感到一种折磨。现在，那种折磨淡多了，似乎黑暗中尖锐的感觉会溶解、消散在白日的光里。

带小敏来美国那年，他三十六岁，小敏五岁。他前妻没有来，那时她已经是一所小学的副校长。她确信五年内，她能成为这所学校的正校长。她选择离婚。这对他来说倒不是多大的痛苦，因为他们早已不和。她身上兼具了小官僚和一位严厉教师的双重特质，使得家里充满庸俗、古板的气氛。有时，两个性格相去甚远的人会瞎摸误撞般地进入婚姻，而后在婚姻里越走越远，直到最后难以理解为何当初竟会相爱。但他们也许从未相爱，在那个清教的年代，你很难区分什么是相爱，什么是仅仅渴望一个可以合法触摸、合法拥有的女人。在办完离婚手续后，他们俩都松了一口气。

他们最先住在休斯敦。初来的三四年里，他们每年换一次公寓，因为公寓只给新房客可观的租金折扣。一开始的生活不安定，更不富裕。租住的公司公寓不提供过多家具，他们的住处只有几件必不可少的简易家具：床、双人沙发、餐桌、一张学生用的小写字桌。他后来又从不同公寓的垃圾回收点捡过一把靠椅、一张小边桌，还有一面带木框的、完好无损的穿衣镜。他把它们捡回家，擦洗干净，告诉小敏说这是从别人家买来的二手货。他不能说是他捡的，担心她自尊心受伤。那时候，他在一个中国人开的小贸易公司打工，每个月只有两千美金的薪水，而房租占去了三分之一，而且，他们得有一辆车，他要为女儿购买基本的医疗保险，他上班之外还在学习一个付费的 IT 课程……生活究竟是什么时候开始稳定下来的？他想是在他加入那家生产医疗器械的美国公司以后。他的薪金比之前那份工作翻了一倍，他们离开廉价住宅区，搬到了凯蒂一带。在那里安定地生活了两三年后，他在糖城买了自己的房子。他记得带小敏住进新房的那一天，她看到他买给她的那张圆顶的、挂着纱幔的木床（那一直是她想要的公主床），忍不住跳起来吻他。他把所有的旧家具都送人了，房子，连同房子里的一切都是崭新的、精致的。他告诉小敏说她就是这房子的女主人。

拆好的纸板已经码放在右边墙角里。球具和圣诞树、灯饰也被搬到了右边。他找了块抹布，坐在塑料矮凳上，开始擦自行车上的灰尘。他累了，身上出汗，有点儿喘息。他比过去胖了一些，尤其肚子那里，肥厚、松弛。他变得容易疲劳，站起身时用力稍猛膝盖会抽疼……他注意到对面的吹风筒安静下来，居家男人也消失了。和十多天前绚烂的景致相比，现在的街景单调、萧瑟。在那么短暂的时间里，火焰般的叶子全都枯萎飘落了，屋后的树林曾像是金黄橙红的颜料流溢、堆叠而成的巨幅油画，现在只剩下一堆暗淡的灰褐色线条。那些赤裸的枝丫有时如凝固般静默，有时又被风吹得剧烈颤抖。

在遇见徐宁之前的很长时间里，小敏是他生活里唯一重要的人，她是女儿，是他的小女友，还是他家里的女主人。到美国以后，有热心的人给他介绍女友，他都拒绝了。他在心里做过决定，不会在小敏年幼的时候给她找个继母，以免她有任何被伤害的危险。徐宁不是别人介绍的，是他在朋友家里遇见的。他第一次看见她的时候，她穿着牛仔裤和一件白色衬衫，袖口挽到了肘部以上，烫着短短的鬈发。她活泼、爱笑，动作利索，身上有种男性的飒爽气质。她是个护士。那是个午餐聚会，每人需带一道菜到主人家聚餐，他带的菜是从餐馆打包的。她毫不客气地说他偷懒、缺乏诚意。过一会儿，她对他说："你不尝尝我做的这道菜吗？小鱼豆干。很好吃的，台菜。"他于是吃了她做的那道菜，真的好吃。

他想，他是和徐宁在一起以后才明白什么是男女之爱的，他指的既是精神意义上的也是肉体意义上的情爱。她有种出奇的热情，这热情会从她眼神里、头发里、皮肤里散发出来，仿佛是一股强劲的力量，你很难不被她感染。她把这热情也蔓延到了他身上——他这个被长久冰封的乏味、僵硬的人。他们迅速建立起一种亲密无间的关系。那时候，只要她不上班，白天他就去她住的地方找她，即便遇到公司下午开会、他和她相处半个小时就得离开。

她住在一栋三层公寓的顶层，那公寓的门、床、窗帘以及屋里每一样摆设他都记得。每一次，从他踏入她的房间开始，他就像脱去了沉重的躯壳，变成了另一个人，一个柔和、富于感情的人。他有一把她公寓的钥匙，如果他去得早而她还没有回来，他就在那里等她。他从来不知道等待也是这么美好的事。从她客厅的落地窗可以望见那个湖。湖很小，但和休斯敦那些高档居民区里挖掘的人工湖不同，它有种天然、荒野的美。如果某个午后还有足够的时间，他们会坐在沙发上喝茶、聊天。有时候，湖面的雾霭中突然冲出一只鸟，像条灰白色的线笔直地抛向高空，又像一条弧线划向远方，然后消失在蓝色的天幕里。那大概是他一生中唯一的恋爱时光。他们只能白天见面，晚上他需要在家陪小敏。那是他很多年里第一次感到被束缚的烦恼。

那段幸福时光很短暂。他想他后来犯的一个巨大错误是草率地让徐宁搬过来和他们一起住，以为朝夕相处会有助于培养她和小敏的感情。在徐宁搬过来之前，她和小敏也见过几面。小敏始终表现出青少年的淡漠、不易讨好，但并没有明显的失礼。而徐宁确实一直努力争取她的好感。在小敏面前，她变得不自在、胆怯起来。每次见面，她都会给小敏带礼物，但小敏只是礼节性地道个谢，从未当面打开过这些礼物，过后也不再提起。他印象深刻的是那个圣诞节，他们三个人一起吃饭。徐宁送给小敏一份圣诞礼物，小敏接过去就放在了旁边一张椅子上。徐宁笑着问她要不要打开看看，小敏说她不喜欢当着别人的面拆礼物。而他送给她的礼物，她却马上打开了。那天晚些时候，他送徐宁回来，小敏躺在客厅沙发上看电视。他注意到椅子上的礼盒不见了。他问她是否看过徐宁送她的礼物了，喜不喜欢。据他所知，那是一条很贵的围巾。小敏冷冷地说：

"一条围巾，老女人戴的，我打算把它寄回去给我妈。"又过了一会儿，她说，"你对她说，以后不用再送我礼物了，或者是些不值钱的东西，或者是这种老里老气的东西，我一点儿也不喜欢。"女儿的尖刻让他吃了一惊。但他没说什么，因为他想如果他反对的话，只会激起她对徐宁更大的敌意。其实，在几次见面以后，她们的关系没怎么改善，而他对女儿的态度一筹莫展。可他竟天真地认为只要徐宁搬过来住，小敏会慢慢接受她，会适应这个家里有另一个人和他们共同生活。他甚至幻想着小敏会慢慢喜欢上她，以为一切只是时间问题。

那封信把这一段回忆带回来，那么鲜明、清晰，却令人痛苦。当两个未曾遭遇过生活折磨的年轻人，带着某种让人讨厌的乐观选择告知"真相"时，他们像是把他枯竭但平静的生活突然撕开了一道口子，恐怕是一道无法愈合的口子……时间接近下午一点。他把整理好的园丁工具收进他留下的一个空纸箱里，用胶带封好口。这个冬天他再也不需要它们，直到明年四月过后，直到像民谣里唱的那样："四月的雨水带来五月的花。"

3

如果不去公司，他经常在镇里的 Panera Bread 解决午餐。这里的食物简单，但很新鲜，而且，他们不像餐馆那样有明确的午餐打烊时间。他叫了烤牛肉三明治，配一小碗清汤。随套餐送一个苹果，但他每次都会把苹果带回家。对他的牙来说，去啃咬一整个苹果已经相当困难。

吃完午餐，他要了杯咖啡。天色阴沉下来，天空中堆积着深灰色的云层。两辆黄色的铲雪车从街上开过去。它们大概已经为晚上要来的雪做好了准备。

在过道另一头、靠前的一张桌子那儿坐着位华人女子，她看起来三四十岁的样子，身材纤秀，穿一件米色的高领毛衣，羽绒外套搭在旁边那张椅子的椅背上。在他前面隔着两张桌子，坐着一位五十岁上下的美国男人，和他一样在喝餐后咖啡。男人坐的位置面对着他，他能看到他的目光不时朝对面那个女人瞟过去。男人终于起身走到那女人的桌子旁边，毕恭毕敬地站着，问他可不可以和她聊聊天。他没听到那女子的回答，但看到那男人在她对面坐下来。他看起来有点儿局促，脸膛兴奋得发红，并不像个游刃有余的猎艳老手。他像许多美国男人一样声音洪亮、中气十足，他听见他开始谈论天气，说晚上会来一场大雪，还提到他就住在这个镇。但背对着他的那个女人的回答他听不清楚。过一会儿，他看到男人尴尬地笑了，嘴里说着对不起，声称他没看到她戴结婚戒指。他由此猜想那女子刚才告诉他她已经结婚了。但那个男人并没有离开，他红着脸，希望她允许他去给她买一杯咖啡，他只是想聊聊天。随后，他就雀跃地站起来，走去柜台买咖啡。

有些滑稽，有些难堪，又有点儿令人感伤，男人和女人之间这种持续不断的无休无止的追逐游戏。窗外一辆辆车在灰色的公路上静默无声地快速穿行，仿佛钢铁的鱼群。店里的碎冰机发出群蜂飞舞般的巨大的噪声。那个男性追求者端着他的两杯咖啡走回来，像是捧着他的两份战利品。他兴奋地坐下来，面对一个仅仅是由于礼貌而没有把他赶走的女人。

他想到和徐宁在一起时，她和眼前这个女人差不多的年纪，也是这种偏瘦的身材。他常常惊讶她纤瘦的身体里怎会蕴藏着那么大的热情的能量。她的长相说不上特别美，但在他眼里，她身上每个地方都是细腻的。他知道她早已找到了另一个人。他不知道那个人是谁，但他嫉妒那个男人，相信他比自己幸福。像她这样的伴侣，会和你始终胶着、缠绕在一起，会让你的生活温热、充满生气……很遗憾，在他们相遇的时候，他们面临的不只是两个人的幸福问题。

他突然打消了去公司的念头，猜想公司里的人恐怕并不想要见到他。今晚有雪，也许大家已经开始陆续离开。趁着还有点儿天光，他想去附近一个湖边走走。

他抓起那个鲜红的苹果，塞进外套口袋。经过那两个人时，他不无自嘲地想：他们会不会注意到他？会不会意识到他是他们这场追逐游戏的唯一目击者？但他知道他们甚至不会看他一眼。有时候，老境的尴尬并不在于变老本身，而是你心灵的变化追不上身体的衰退。在心灵的镜像里，你还是个仪表堂堂的壮年人，但在他人眼里，你已经是个颓唐的老者。

他开车十分钟就来到湖边。眼前已是一片冬日景象：衰草、枯枝、腐烂破碎的落叶，仿佛冻僵了的光秃秃的小径，被一阵阵风吹皱的、银光闪闪的湖面。只有在冬天，这里的湖面才显露出来，开阔、清亮。春夏季节，湖面完全被浮萍和水藻覆盖，秋天则漂满落叶。风不大，但阴冷刺骨。一群灰褐色的加拿大鹅在湖中游着，它们像肥硕笨拙的大个儿的野鸭。下雪的时候，它们是仍然待在湖上，还是会去哪里躲避？最冷的时候，它们会不会挤在一起取暖？生活于它们而言是严酷的，但它们倒不会形单影只。

回想起来，徐宁搬过来以后那段时间就像阴郁的梦一般充满了混乱和挣扎。晚餐桌上的冷言冷语、明嘲暗讽、沉默、委屈、猜疑、忍辱负重……他们俩小心翼翼，唯恐伤害了孩子。但这种小心翼翼又被小敏当成了他和徐宁“同谋”的证据。徐宁本来像个欢快的大孩子，但在眼前这个真正的孩子面前，她欢快的光芒全都黯淡下去。如果小敏拒绝吃她煮的晚餐、开始打开冰箱找冷冻餐盒，她也只是勉强笑笑。有时小敏假装没有听见她说话、忽略她示好的动作，她不过无奈而又嘲讽地看他一眼。她曾让他喜欢的那种天真的轻狂、那种肆意妄为的勇敢，反而变成他所惧怕的东西：他怕她不够容忍，怕她没有掩饰好她的不快，怕她直率的表达又会引起一场争执。她说话、发笑的声音稍微大一点儿，他都会害怕，怕这声音会从他们的卧室传到另一个房间里去……

起初，他们还相互安慰、鼓励对方，但慢慢地，他们也都疲倦了。那种阴沉、压抑、暗含着怨愤的气氛弥漫在家里的每个角落，压灭了每一点儿快乐的念头。小敏的卧室里经常整夜地亮着灯，她似乎以灯光、以她深夜不眠的事实来时时警示他们。徐宁也变了，变得暴躁、易怒，她不能在小敏面前发作，却开始对他发泄她的强烈不满。她觉得他过于宠溺女儿，却没有考虑她的委屈。但在那样的情况下，他又能做什么呢？她愤怒、冷漠起来令人绝望。也许她身上那种强烈的能量如果不能用于快乐，就会用于愤怒。

他们一起生活了三个多月以后，某一天，小敏失踪了。她夜里十一点钟还没有回家，手机也关机。他打电话报了警。整个夜里，他坐在客厅的沙发上等电话。徐宁说她可以替换他，让他去楼上睡一会儿。他几乎是愤怒地拒绝了她。他想，如果小敏打电话回家，她第一时间绝不想听到徐宁的声音。第二天接近中午的时候，一位女人打电话给他，说她是泰勒（或者凯西）的妈妈，告诉他小敏在她家，昨晚和她女儿睡在一起。她再三道歉，说她昨天的确问过小敏，但小敏说她已经知会过爸爸她要在朋友家过夜。他听到这消息就抓起车钥匙离开了家。他边开车边哭，本来，他以为他已经失去了女儿。他痛苦地意识到一个人的介入如何地改变了这个家，改变了他和女儿那密不可分的关系。

过后，徐宁说她可以搬走，但他劝阻了她。就这样，她又留了下来，直到一个月后发生了另一件事，也就是小敏在邮件中提到的那件事。

那晚，他回到家，徐宁去上夜班了，小敏的房门紧闭。他敲门，过了一会儿小敏才打开门，看到他突然号啕大哭。他抱着她，问她发生了什么事。她只是哭。他让她在床上坐下来，他一直说：好了，好了，平静下来。后来，她哽咽着，说她和那个女人吵架了，那个女人发疯一样撕了妈妈的照片。当小敏从她写字桌的抽屉里拿出一小堆照片的碎片时，他一下子蒙了。他根本不敢正视女儿手里捧着的那堆彩色的碎片，也不敢想它们究竟意味着什么。当他带年仅五岁的她离开她母亲时，他心里是确信不会让她受一点儿委屈的……突然之间，徐宁成了阴毒地坑害一个柔弱、毫无抵抗力的女儿的恶毒继母的化身。他怒不可遏，疯狂地打徐宁的手机。很久以后，她终于接了，还压低声音问他是不是疯了，说她一直在忙，突然看到手机上有二十多个未接电话。她装得像什么事都没有发生一样，这让他觉得她更加恶毒、有心机。他开始失控地骂她，他从未这么骂过任何人。她试图说什么，但他不容她辩解。最后，她冷冷地说："我不明白你在说什么，有什么事回去说。""不要再装了……"他喊道。但她已经把电话挂了。然后，他又回到小敏的房间。他紧紧地抱住她，她那双仿佛受了惊吓的眼睛望着他——那是一双完全信赖他的、孩子的眼睛。

他一夜没睡。第二天上午徐宁回来的时候，他多少冷静了一些，觉得可以和她谈谈那件事。而她看起来比他冷静得多，冷静得近乎轻蔑。

“说吧。”她说，“你指的究竟是什么？我究竟对她做了什么残忍的事，我假装了什么？”

等他说完，她的冷静像镜面骤然碎裂，坐在椅子上的她猛地站起来：“你现在就叫她起来，你让她过来当面和我说。”

她声音发抖，样子看起来很可怕，似乎要马上冲过去找小敏。他一把拽住她。她发疯似的抓他的手。他想，她也会有如此丑陋的时候。

“我绝不会让你再刺激她。”他说，紧抓住她不放。

后来，她放弃了挣脱他的努力，安静下来。她又在椅子上坐下来，一阵绞痛般的表情突然掠过，让她的脸扭曲了。

“骗子！骗子！这么小一个孩子……”她一字一顿地说。

“你不许这么说她。”他的模样一定非常凶狠、丑陋。

她抬起眼睛，望了他一会儿，嘴唇上浮现出一抹近乎微笑的弧度。

“所以，你昨天晚上打电话是为了这个？在我上班的时候，像发疯的畜生一样吼叫、骂人？”

他没说话。他已经后悔他昨天说过的话。他看见她眼睛里突然涌满泪水，她的嘴唇抖动，随后整个身体都在发抖。但他不知道他能做什么。

“你选择相信她，是吗？”哭完了她问，哑着嗓子。

他不回答。

“不用回答，什么都不用说！”她站起来说，拿一张纸巾擦掉脸上的泪，样子像是如释重负，“我应该早就明白的。我应该早想到结果会是这样……”

第二天，她收拾东西离开了，他没有挽留她。他想帮她租一套房子，想给她一些经济上的帮助，但她断然拒绝了。事实是她不再接他的电话也不再回复他的短信、邮件。很快，她换了号码，大概只是为了摆脱他。找不到她的那段时间，他失魂落魄。他让自己尽量去想她的冷漠、她的刻薄、她做的那件可怕的事，但这都于事无补。他睡不着，焦虑地一遍遍翻看手机，半夜起床打开邮箱写信；他到她上班的医院，在停车场里等着，却在她可能出现的时间逃之夭夭；他还到处打电话给认识她的朋友，只为了从别人那里听到一星半点儿她的消息……慢慢地，他知道他必须接受这样的事实：他所做的这一切都没有意义，他们之间的困境毫无解决的可能。

家里又恢复了那种平静——多年来的、一贯的平静。他和小敏心照不宣，谁也不再去提那些痛苦的事。这个家，这个小世界，它像一个有着坚硬外壳的、封闭的东西，打开过一条缝隙，很快又惊恐而痛苦地闭合了。他想他在这世界上只剩下一个角色必须心无旁骛地、永远地演下去——一个好父亲。

他走到湖边有围栏的那地方。不知道为什么，这里有一带齐腰高的木围栏，像农场里圈马的那种围栏，延伸出去两三百米，又毫无征兆地中断了。他沿着围栏旁的小路走，眼前是平缓的草坡。湖三面被树林环绕，唯有这面向着开阔的草坪，仿佛牧场的风景。草黄了，但很平整，看得出不久前有人割过。那些年里，他和小敏喜欢在这草坡上野餐。最好的是春天，五月以后，日光那么温煦，空气里弥漫着花草的香味。小敏说："同样的东西在外面吃，味道好得多。”吃完东西，她喜欢趴在毯子上看书，有时她看着书睡着了。他就在她旁边守着，半个小时，一个小时……对他来说，那两三年算是轻松愉快的时光，是彻底放弃了其他念想的轻松。

他不相信心理学家说的“选择性遗忘”。否则，他为何没有忘记那天晚上发生的事呢？那件令人痛苦的事的每个细节都印刻在他的记忆里。倒是那些快乐的事，常常只剩下一两个格外清晰的镜头，其他部分都模糊了，像一团柔和、明亮的烟云，像湖面上闪烁不定的、细碎的光。

褐色的林梢在远处勾出天际线。天边浮着一条长长的孤云，泛出冬日薄暮时的冷光。周遭那么沉寂。某种微茫而凛冽的声音像滞留不散的烟雾一样漾在冬日的湖面上，潜行在林间、落叶堆和枯草丛中——一种低沉却无所不在的冬日鸣响。鹅群低飞，掠过湖面，在另一边上了岸。而后，它们在湖对面呆立不动，迎风立着，像在忍受，又像在冥想。他穿着单裤，在草坡上伫立太久，腿冻得麻木，眼睛酸涩。他发现这是一件荒唐又可悲的事：他让一个十二岁的孩子替他做了生活的选择！而一个十二岁的孩子的谎言几乎说不上是欺骗……这大概就是命运，只需要一个谎言、一点儿差失，它就拿走了原本属于你的东西，全然改变了你的生活。

他开车回家，发现路上已经撒了盐。粗粗的结晶体铺在地面上，像冻硬的灰绿色雪粒。那件痛苦的事发生后不到两年，他带小敏来到马萨诸塞州。他原以为新英格兰的漫长冬天会相当难熬，但后来发现这地方知道如何对付严冬和风雪。途中他去油站加了油。再启动车子，油表显示可行驶里程四百六十五英里。如果他现在沿着 90 号公路开下去，开出马萨诸塞，进入康涅狄格，转上 84 号公路，一路向南开上两百多英里，他就能到达纽约，那个拥挤喧闹、杂乱不堪的城市。这是他最熟悉的一条行车路线。但很快，它对他来说就会变得生疏。

4

五点刚过，天就黑了。他打开房子里的灯。睡觉以前的时间里，他一般都待在楼下，但他习惯把楼上卧室里的灯也打开。一个其他部分断然漆黑、只有楼下一盏孤灯的房子，从外面看起来总有些怪异。他仍旧坐在吧台旁边那张椅子上，打开电脑查看邮件。小敏还没有回复。当然，他上午才发给她邮件，而那也是一封不需要回复的邮件。

他们其实离得很近，两百多英里。但他知道她离他越来越远。她不再需要他，那么他就在他能达到她的距离之外。那年，小敏申请的所有大学都在东岸，但没有一所在马萨诸塞。她解释说，她希望到自己熟悉的地方之外生活，适应陌生的环境也是一种挑战；她也希望离家远一点儿，这样她不会那么依赖他。他表示完全支持她的意愿，私底下却像一个被无情抛弃的老男人，感到说不出的委屈和痛苦。她离开以后，他就一直往返在那条路上：从波士顿到纽约，从纽约回波士顿……虽然辛苦，但就像个赴心爱的人的约会的男人，心里至少是振奋的、怀着希望的。

想到明天早晨起来需要扫雪，他去了一趟楼上，从卧室储物间里翻找出手套、帽子、围巾，还有一条秋裤。大约十年前，他还不至于在外裤里再套条裤子。他像大部分美国人一样，穿单裤过冬，因为暴露在严寒里的时间毕竟是很短的。但这些年，他开始畏寒，在零下十摄氏度的天气里穿单裤走几步，腿会发抖。冬天开始变得难挨，尤其一、二月最冷的时节，大雪一场紧接一场，扫雪变成了一种苦役。上午花一个多小时清理出来的走道、车道，到了下午又完全被积雪覆盖了。傍晚还要清扫一次，因为如果夜里上冻的话，清扫起来更加困难。但夜里往往还会继续下雪，一夜之间大雪封门甚至会埋住一楼的窗户……

他下楼，回到他清寂的厅里。他想，再过几年，他就会把这房子卖掉，搬到公寓里住。他去参观过那种公寓，里面的大部分住户是老人——那些再也无力自己清扫积雪的人，那些发现守着一栋很多房间的空屋再无多大意义的人。冬天，管理处会雇用工人来扫雪。温暖的季节，院子里的草木会被修剪得整整齐齐，鲜花盛开，一片生机，老人们走出来，在阳光下舒缓地散步……很快，他就会搬到这样的地方，融入这样的人群之中。在风雪交加的夜里，在温室般的房子里长久地、如同静物般坐着，望着玻璃窗外飘落的雪，独自一人。

朋友圈里都在分享下雪的消息和图片：下午三点，纽约在下雪；四点半，康涅狄格开始下雪；大约六点的时候，罗得岛的新港、普罗维登斯都在下雪。在他这里，雪是七点过后开始下的。昏暗的路灯光里，雪散漫地飘落下来，一开始像星星点点的白色碎屑，但很快就变成了大片的、斜飞的雪花。今年的雪像是从南方来，从纽约一路向北，最后到达波士顿。而他知道在最南方的休斯敦，在她那里，三天前已经下过雪了，一场多年来罕见的大雪。

她的样子开始缓缓地出现在他的脑海里，那么清晰，在不同的时刻、不同的地方，像一帧帧黑白照片。都是当年的样子。他试着描绘出她现在的样子，在她额头、眼角贴上细小的皱纹，在她的黑发里夹杂进去几缕灰发……他还想起她说话的声音，仿佛听见她的笑声、她轻柔的气息。但当他沉浸在他们俩甜蜜的笑言低语之中时，她的质问、哭声总是突然闯进来。同样，在那些温柔、静好的照片里，他会突然看见她眼睛满含泪水、发抖的模样。他突然意识到那个晚上，他对她做了极其卑劣的事。难道他真的认真判断过他应该相信谁吗？他真的想听她的辩解吗？他只是选择了一个对他而言便利的解决方法，他只是急于摆脱那种困境，回到他以前的生活……

仿佛感到一阵强烈的刺痛，他从枯坐的那把扶手椅上蓦地站起来。他扫视这个到处亮着灯光的宛如通体洁白、透明的所在。他发现他的居所如他的生活本身：整洁、光亮，似乎不缺少任何东西，但没有温暖。

他觉得饿了，但还不想做晚饭。午餐带回来的那个苹果放在餐桌上，他把它切成四瓣吃下去。站在客厅的窗户前面，他看见街道、屋顶、树已经披上一层白纱一样的薄薄的雪。等到雪积得更厚、大地上的一切完全被雪所覆盖时，雪地会泛出蓝光，雪夜会变成蓝色……天地之间都是飞旋的、漫舞的雪，有时候你看不出它究竟是在向下飘落，还是向上跳升。他在想是否应该走出去拍张照片，像他们那样发到朋友圈里，宣告他这里也在下雪。但他还是打消了这念头。这是件奇怪的事，各处的人们都在为一场新雪激动、振奋，而它不过是漫漫长冬的开始。

2019 年 1 月 10 日

二人世界

哭声停下来有一会儿了。她轻轻推开门，来到儿子的床前。他趴在那儿睡着了，脸伏在细细的小手臂上。毯子被蹬开了，大部分压在他身子底下。她拿来另一条毯子，淡绿色的绒毯，中间绣着一只白色羊羔，盖在他身上。他已经睡着了，但她仍然多此一举地轻拍了他一会儿。毯子很柔软，她喜欢手放在上面的感觉，还喜欢羊羔的图案。

孩子有张五官精致的脸，鼻子、嘴巴都小小的，微微翘起。这张脸在他睡着的时候更显得惹人怜爱。他快三岁了，那张脸上尽管仍余留着一些婴儿的气息，却也有了男孩儿硬朗轮廓的最初征兆。长长的睫毛、鼻梁的线条都预示着他将来会是个英俊的男孩儿。她用手指沾掉他眼睛下面残留的泪，坐在他小床前面的地毯上，看了他一会儿。

睡着的孩子都是天使。每天这个时候，她都会经历同样的情感波动——心疼、对自己刚才的粗暴感到愧疚。但她知道第二天一切还会如此重复。这孩子不爱睡觉。或许他们一起玩儿得太愉快，于是只要她在，他就想尽一切办法延长这欢愉，一心一意要得到她所有的关注。她没有办法，只好在反复规劝无效后假装气愤离开。他大哭，喊着妈妈，说自己会好好睡觉。但如果她软了心肠走进去，他又会故技重施。孩子都是天真而又狡黠的小东西……她只能关上那个房间的门，到楼下起居室里等着。今天的天气晴朗、明亮，屋子里却显得更幽暗，就像有些凉爽的阴天或雨天，屋里反倒更加闷热一样。她直挺挺地坐在沙发上，留意着对面墙上橘色圆形挂钟的走动，看着窗外院子里生长的稀疏的植物，有些仍在开花，有的已经萎落、变黄，草坪上不时出现两三只觅食的麻雀或鸽子，景色里蕴含着秋天将至的迹象……直到他安静下来一会儿，她才轻悄地走进房间，端详着他熟睡的小脸儿，经历她每天必经的（对他人来说却是最无关紧要的）情感波动，想着在他醒来后如何补偿。

她自己也说不清楚是从哪个时候起，她开始爱上这孩子了。有可能她一直爱他，不爱自己的孩子是不可能的，只是以前她仿佛是被动地、出于本能地去爱，而现在她明白了这爱意味着什么。她最初的确把这孩子视为负担，视为丈夫和外界强加给她、她不得不接受的一个义务，她怨他完全改变了她的生活，侵占了她所有的时间和空间。如今放在他小床旁边、斜对着窗户的那张灰绿色单人沙发椅，是她过去喂母乳的地方。每天里的每两个或三个小时，她就抱着他坐在那里，有时在午后热乎乎的阳光里，有时在深夜的黑暗中，有时在凌晨稀薄、灰白色的光线中，只有他们俩。时间被哺乳这件事区隔成一个个小块儿，而她从未应对过的、突然涌来的无数琐事塞满这些小块儿……

她相信她抑郁过。在最坏的那段时间，她身体发胖、脾气变坏、突然歇斯底里地发火、没有缘由地哭泣。但就算在最坏的时候，她仍然尽心照顾他，为他的睡眠忧虑，为他的饮食操心……她尽着母亲的职责，但她对他的爱是有苦味儿的，夹杂着陌生感、恼怒和对生活的失望。而现在，陪伴他这件事本身竟会让她快乐！变化像是在某个时候悄然地发生了，就像她不知不觉走过一道门，景观突然变了。她为察觉到他身上那些细微而日新月异的变化而喜悦，她喜欢悄悄注视他那张线条日益明朗、五官日益清晰的脸上各种可笑的表情。她笑得更多了。也许最有力的证明是，她开始想到他将很快长大，而到时她将失去这快乐……

但生活本身并没有太大改变，她每一天里的每个时刻仍然被男孩儿和家务填满。早上，她趁他还没有睡醒先起床盥洗，但那孩子太敏感，他一感觉到母亲不在身边也会很快醒来。往往她刚刷过牙，还在洗脸，他就已经翻身坐起来，奶声奶气地一直喊“妈妈”。她一边大声说话安慰着他，一边草草洗掉脸上的泡沫，走过去抱他起来。她给他换尿片、穿衣、洗脸刷牙，为他准备早餐……每一天都如此开始。然后，她陪他玩儿，给他读书，在院子里和他一起跑，或是开车带他去所有她能找到的室内、室外儿童游戏场。在那些地方，她仿佛飘浮在混乱的、梦幻般的儿童噪声的云端，她盯着他、紧跟着他，怕他摔倒，怕他的头碰上硬物，怕疯跑的、别的孩子把他撞倒……在他午睡的一个半小时里，她清洗他俩用过的餐具，洗他的脏衣裳，收拾他扔得到处都是的玩具。她要把滴上了牛奶或果汁、撒了碎饼干渣的地板再次拖得一尘不染，因为等他醒来又会在地上爬来爬去玩耍。她闲不下来，但这毕竟是短暂的、可以独处的一点儿时间。

她太忙了，不再为自己的形象操心，连对于形象的看法也改变了。每当她听到或读到那些劝说婚后女人应该如何精心装扮、保持魅力的建议，她就忍不住嘲弄地想：试试看有个孩子哭闹着抱着你的腿，你还能专心致志给自己化妆、卷头发？“女性魅力”这个词如今都会让她涌起些许轻蔑感。她深爱着一个人，他具有最纯粹的天真却又如此柔弱，在世上唯一能依赖的就是她……为了他，她不得不和琐碎的操劳、疲惫的肉体、容易厌倦的情绪做斗争，她不得不改变自己，放弃自己曾经熟悉、喜爱的东西。与此相比，那些仅仅追求轻松享乐的情爱又算得了什么！诸如女性吸引力、男性魅力这样的东西，对她来说更是显得那么肤浅、矫情。如果她丈夫现在过来告诉她说她已经沦落为一个乏味的、缺乏女性魅力的人，她恐怕也不会感到多少痛苦，她只会感到他的感情是多么轻浮。丈夫对她来说即使不是变得无足轻重，也已经处于紧紧环绕她的那个核心世界之外了。对她和儿子来说，他有时就像个外人。

巨大的变化在她身上悄无声息地发生了。和这变化相对的是孩子父亲的始终如一。他是始终欢迎孩子到来的那个人。从精神上，他享受人生内容的进一步充实和天伦之乐的满足。他始终不理解妻子当初为什么竟会抗拒。生活上，他依然是个早出晚归努力工作、作息规律的人。当然，经济上的压力、责任感也会重一些，但与妻子所经历的生活方式的整个转变相比，这变化毕竟不算太大。他回到家，看到妻子和孩子，会问："怎么样？他今天还乖吗？"但他不知道他们俩这一天是如何度过的，也没有太多兴趣去了解那些填满了一天中每个时刻、分分秒秒的琐碎的事。他有时惊讶于她疲惫不堪的状态，不解地问：“你怎么不和他一起睡个午觉呢？你到底在家忙什么呢？”当他察觉到她阴沉下去的脸色，他嘟哝着，“我也是为你好啊，别把自己搞得太累……”走到离她远一点儿的、安全的地方。

他亲近孩子时的笨拙、不细心，他那股无法投入其中的外行模样，都让她窝火。她觉得他没有因做了父亲而变得成熟，他帮不上多少忙，还对小孩儿的一切与大人相异的行为大惊小怪。他曾提议，如果她照顾起来太吃力，可以把孩子送回国内一段时间，让他母亲带。他们为此大吵一架，因为她不明白他怎么会有如此狠心而又不负责任的想法，而他则委屈地认为她完全误解了他的好意。自她生育之后，他其实对她所经历的各种变化知之甚少，他甚至不能理解她为什么总是生气，不再像以前那样温柔、开朗、关心他。她惊讶于他的愚钝、麻木不仁！她对他的怨恨在心里慢慢累积，乃至变成了混杂着一丝讥讽成分的厌恶。渐渐地，她不再和他争吵，甚至不想和他说话。如果她明显感觉到这种冷漠伤害了他，她顶多敷衍地安慰他一句：“算了算了，你知道我以前不是这样的！我只是累。”和这冷淡相一致的是她身体的回避。她不怎么喜欢和他做爱了。

当力不从心的父亲似乎只是不断暴露自己的无能和缺陷时，儿子却越来越迷人。他身上的变化是奇妙的，她想也许最奇妙的变化是从他说话开始的。他不再是个懵懂的小兽，他开始表达，和她交流。他脸上的表情变得丰富，充满了天真的稚气。他开始赞美妈妈，尽管他还不懂得美，但在他单纯的世界里，他爱的就是最美的。所以他表示自己的妈妈最好看，如果她反对，告诉他另一个小朋友的妈妈更好看，他就受不了，他会生气地坚持说自己的妈妈最好看。有一天，她说“如果妈妈老了……”，他敏感地察觉到什么，气得哭起来：“妈妈不老，妈妈不老，妈妈不会老……”交谈使他俩走得更近。他嘴里经常冒出新的、让她惊讶的词句，那么连贯，单纯却不失意味。他的思考能力日益健全。她从一个烦躁幽怨甚至刻意冷漠的母亲变成了一位心甘情愿的、坚定的母亲，所有的耐心、爱都给了这个顽劣又温柔的小男人。与其说生活令她屈服了，不如说是他让她屈服了。

按照惯例，孩子还会再睡一个小时。她把他弄上了颜料的上衣用洗衣液浸泡在洗脸池里。他的衣服她全都手洗，她感觉这些柔软的小衣服和他一样，需要更细心的保护。然后，她下楼来到厨房，用微波炉解冻一片三文鱼，用一点儿盐和柠檬汁把鱼腌上，准备晚上给儿子煎一下。这时候，她听到餐桌上手机的振动。她利索地用保鲜膜把鱼包起来放进冰箱，洗净了手。她拿起手机，看见他一连发来的三条短消息，最后一条问她小家伙是否已经午睡了。她犹豫了一下，没有立即回复。她把刚才泡好的一杯茶喝下去，又上楼把男孩儿的衣服洗出来、晾在浴室里，这才下来回复他的短信。紧接着，他的电话就打过来。她一边收拾着扔在地板上的乱七八糟的玩具，一边听他说话。他大概感觉到她在忙什么，有两次他问：“你还在听吧？”“听着呢。”她说。第二次他这样问了以后，她不再去收拾丢在地上的那些玩具。她想，他们已经好几天没有打电话了，总是因为她没有时间，她应该专心致志地接他的电话。她站在厨房里打电话，面对白木框的格子方窗。没有篱笆的后院草坪连着从坡上延伸下来的一片树林的边缘，林中有几棵树上的叶子已经黄绿斑驳，一只尾巴是蓝色的漂亮的鸟在树林边缘的空地上呆立。她希望自己不要回答得那么简短，还希望能主动找个有意思的话题，但她听见自己消极应答，说出的话干瘪乏味。她不信他感觉不到。

“你……还是很忙？”他仍然是好脾气地问。

“当然了，我怎么可能不忙？”她急躁地说。只要有人对她的忙碌、劳累表示半点儿疑问，她的火气就往上蹿，这是她控制不了的。但她立即察觉到自己的失态，突然沉默不语了。

他似乎等了一会儿，发现她并没有要说什么，才问：“我多久没听见你的声音了？”

“一个多星期吧。”她隔着电话勉强笑笑。

“你听起来心情不好。或者，我不该打这个电话？”他问。

“每天都是忙忙碌碌，也没有什么心情好不好。”她有气无力地说。

“我知道你很累。”

她想说：你不会了解的。但嘴里说：“那就好。你就明白了我为什么说起话来很沉闷乏味。”

“我不觉得乏味。”他说，“但你说话速度倒是快了一倍。”

她这时看了看墙上的挂钟，心想，他难道不明白她不能像以往那样和他散漫地说闲话？她现在几乎每分每秒都有事情做。眼看小孩儿就要醒了，她还没有拖地板，玩具仍然散乱地扔了一地，她本来想趁这个时间烤点小蛋糕。但看来什么都不可能做了……

又耐着性子聊了一会儿，她说她必须得走了，因为儿子大约该醒了。他嘱咐她赶快去，但临挂电话之前，他又有点儿犹豫地开口问何时才能见面，他已经将近两个月没有见到她了。这是他近来每次电话结束都会问的一个问题，她也像以前那样许诺：“我再告诉你。我会想办法的。”她到了楼上，感到筋疲力尽，靠在孩子床边的单人沙发椅上，闭上眼睛。

她有一个男友。在孩子出生前的两三年，他们就在一起，关系平稳、充满温情。她对此倒没有多少负罪感。他们既不是因为什么不堪的原因在一起，也说不上是为了贪图身体享乐。当然，她以前并不是个拒绝肉体快乐的女人，但说到肉体的快乐，她丈夫反而能给她更多。她接受这种关系是因为喜欢他性格里那种宽厚、善良、令人不由信任的东西。他真心地爱慕、欣赏她。她想她也是爱他的，因为精神上的喜爱而容忍了他在床上的莽撞和笨拙。她其实更喜欢和他一起去哪儿散散步，她更喜欢和他说话、一起吃东西，拥抱亲吻也会给她恋爱般新鲜、激动的快乐，但她并不那么喜欢和他躺在一张床上。他身体强壮，但他似乎不知道如何掌控他的力量，于是，那股力量就像被禁锢在他身体的围墙里，兴奋、紧张、四处冲撞而不得要领。

她疑惑的是她怎么不再从他的电话里得到快乐和甜蜜了？她怎么会暗自期望他早些结束交谈，并且期望他不再经常打电话来？他并不曾做错什么。相反，他的作为本来应该可以感动她：对于一个生了孩子、性情和模样都发生重大变化的女人，一个他很难见面更没机会触碰一下她的身体的女人，他依然殷勤问候、念念不忘……她明白是她自己变了，但她并不喜欢这变化。

坐在灰绿色的椅子里，她试图回想他们一起度过的那些时光，一些过去的画面，他们去过的地方、说过的动人的话，那时候他的样子、她自己的样子……那都是在孩子诞生之前的事。睁开眼，她看见孩子睡意浓郁的脸：微微张开的小嘴、因手臂的挤压而可爱地歪斜着的肉嘟嘟的面颊。时间快到了，他随时会醒过来。她不能再沉浸到她的回忆里了，她无法等这些画面慢慢聚拢，然后沉下去，浸泡在温柔的记忆之水里，像底片在显影剂里慢慢显出清晰的影像。而往事来不及清晰呈现的脉络，像被涟漪摇散的水面镜像一般模糊、破碎了。

突然，她又听到手机的振动。她跑过去拿起手机，发现是他打来的电话。她走进洗澡间、关上门，低声问："怎么突然打过来？"

"小家伙儿醒了吗？"他没有回答她，反问道。

从他的声音里她仿佛能听出他的笑意，她顿时有种奇怪的预感，紧张起来："你在哪儿？"

"我就在你家对面。"他说，"你走到二楼面朝车道的窗户那边，可以看到我。"

她迅速跑到隔壁房间，那房间对着社区的小道。她掀起百叶窗的一角，看见那辆熟悉的车停在路对面。车窗打下来，她隐约看见从车窗里露出的他的半张脸。她放下窗帘，背靠着墙壁，站在阴沉沉的房间里。

“你怎么来了？”过一会儿，她问。

“刚才打电话时我就在附近。”他说。

“可是……你不知道这样很危险吗？而且，小孩儿马上就醒了。”她压制着声音里的不悦。

“所以我不是先打了电话吗？他还没有醒吧？我不想干什么，只是想看你一眼。”他口气轻松地说。

但她不想见他！她以前或许会喜欢这种意外之举，但现在她穿着宽松、褪色的睡衣，没有戴胸罩，头发胡乱在脑后绑成一团，而他竟然要马上见她。她沉默不语，他也沉默不语。她又走回洗澡间，对着镜子一把扯下绑头发的发圈，开始拿梳子梳头发。她看到镜子里的自己满面倦容、肤色暗沉，但她决定不再花时间重新洗个脸。她怀着一种自毁的、夹杂着报复的快意想象他看见自己这副模样的反应。

大概她很久没说话，他感觉到了什么。他的声音弱下去:“要是你不方便……”

“你来吧。但我不能让你进来说话，因为小孩儿就要醒了。”她说。

“我不会进去，我只在门口看你一眼。”

她穿上胸衣，跑去衣柜里扯了一件黑色圆领上衣套上，下面仍穿着那条居家的印花睡裤。她到了楼下的厅里，厅里看过去也是让人沮丧的凌乱：靠近门口的鞋柜旁边放着一袋系好但还未扔出去的垃圾，地板上散布着她刚才没来得及收拾、归整的玩具，茶几上扔着一些蜡笔和散了页的绘图本，孩子的一双脏袜子搭在沙发的扶手上，一个墙角里是五颜六色的、自由滚动成形的一堆球……她知道他已经在门外了，走过去径直打开门。她直直地、有点儿挑衅地看着局促不安的他。他脸上的神情诧异又羞臊，不知道是因为她这副打扮，还是因为她脸上毫不掩饰的愠怒。她看到他的脸红了，慢慢地，连他的耳朵也红了。他还是抱了她一下。对她来说，这拥抱也显得古怪，僵硬、过分用力，而且他从外面进来，外套是凉的。她的目光越过他的肩膀，看到路边大树的叶子斜斜落下来，街道上始终静寂无人，也无一辆车经过，只有他那辆黑色车子，像是静默的巨兽，蜷缩、等待在街边的一个角落里。

“你以后不要这样。”她说，“你如果来一定要提前对我说。”他说他肯定记住。他们就站在门口，她挡在他前面，没有让他进来坐一分钟的意思。家里的凌乱、她自己的凌乱，这一切都让她情绪不佳。匆匆告别前，他又紧紧握了下她的手。只有那一瞬间，她感觉到了烦乱、沮丧之外的别的东西。他的手掌很大，厚实而温柔。

那几天，男孩儿发烧了。他的小床本来并排和他们的大床放在一起，生病的时候，她把孩子抱到大床上和她睡在一起。靠她那边的床头柜上，摆着退烧药、感冒药水、保温水杯、儿童用的吸管杯，床头柜的抽屉里塞着体温计、物理退烧贴、抑制咳嗽的涂抹药膏……她让丈夫睡在客房里，也就是那个窗户临着居民区小路、挂着蓝色百叶窗帘的房间。后来，孩子退烧了，留下一点儿咳嗽和鼻塞的后遗症。但她仍然让男孩儿睡在大床上。

秋冬之交，院子里的花草大多凋零了，草坪上覆盖着一层厚厚的落叶。一天下午，她丈夫回来很早，他剪掉那些枯萎的花枝，整齐地捆好放在路边，又清理出来几大袋落叶。凋敝、芜杂的院子变得清爽整齐。她想，他终究还是个顾家的男人。孩子仍在午睡，他们俩难得一起坐着喝茶，她还端出来一碟沃克尔黄油饼干。两人相对的情景竟让她感到有点儿陌生，大部分时间也是在沉默里打发掉了。后来，他笑着对她说："昨天晚上我上去找你的时候，你已经睡着了。"她一下子就明白了他的意思。从他说话的样子看，他是鼓起勇气向她暗示他的要求的。他们已经很久没在一起了。那晚过了十点，她照顾儿子睡下。等他终于睡着了，她也有点儿睡意蒙眬，但她没有睡过去。丈夫上来，把睡着的孩子抱到了小床上去。她看到他被安置在那张冷冰冰的小床上，竟生出一种做母亲的羞愧感。

丈夫的身体很兴奋，但他尽量延长自己和妻子的快乐，他是个做起爱来注重技巧的男人。在未生育前，这是她喜欢的方式，她知道怎么和他一起享受。他们一直维持亲密的婚姻关系，不能不说这是一个重要原因。但现在，几乎每一次，她都希望他能早点儿结束，她想尽快舒舒服服地睡一觉。当一个人身体过于疲倦、渴望睡眠时，她是不能尽情享受感官之乐的。但她丈夫并不了解这种变化。他换着姿势，试图刺激她。她的眼睛时而紧闭，时而睁开，斜眼看着黑沉沉的、仿佛背后掩藏着许多莫名暗影的低垂的窗帘。洗澡间里一盏小灯开着，从没有完全关闭的门后射出微光。光在门上铺开，在旁边的墙角那儿折过来，歪斜地投射在床头上方的墙上。而小床上儿子偶尔发出的咳嗽声，还有他因为鼻子堵塞而夹杂着哨音的呼吸声，也都让她焦虑、跑神。有几次，她对他说：“小声点儿，别把他吵醒了。”她甚至开始有点儿厌烦性爱这种东西了，当她被男人压迫着的时候，她会莫名地生出一点儿屈辱、被伤害的感觉。她想到孩子，想到促使一些男人奸污女童的罪恶欲望与这欲望不也是同个出处吗？促使那些士兵奸污被占领地区妇女的不也是这种男人的欲望吗？促使一些女性悲惨地沦为性奴的不也是同一种欲望吗？男人的欲望，充满侵略性、破坏性、恶性……她知道自己在胡思乱想，但这些飘忽的、毫无理由的念头不可控制，让她不舒服，让她的快乐又少了一些，让她有时突然生气，责怪他的粗暴。

除此之外，她对这个想要点燃她身体的激情的男人又有些愧疚。她自己都能感觉到身体的生硬，它死气沉沉、消极怠工。终于，她忍不住对丈夫说：“你能快点儿结束吗？”他的身体僵住了。“为什么？”他随口问，更像是还没有反应过来她的问题是什么。“因为我太累，我想早点睡觉。”她直言不讳。他明白过来她的意思。他没有像她要求的那样尽快结束，而是从她身上下来了。他告诉她他去冲个凉，她现在就可以睡了。

她明白是她伤害了他，但他突然燃起的、无声的愤怒却阻绝了她想要挽回的念头，她拿自己冰冷的愤怒与之对峙。他一离开，她就把孩子从小床上抱到她身边。男孩儿露在毯子外面的一双小脚很凉，她把它们握在手心里暖着。她的额头轻轻触着他的额头，明知他听不见，却自顾自耳语：“好了好了，妈妈在这儿呢……”她发现她自己的身体冰凉，男孩儿小小的身体却温热异常。挨着他，她就感觉好一点儿、平静一点儿。那父亲回来以后，在床的另一头躺下了。他们俩谁也没有再说一句话。她在想，他是否真的睡着了？她知道那样的伤害对一个男人来说意味着什么。她想到，或许她的身体里真的发生了某种变化，使它丧失了敏感，使体内那种对肉体快乐的欲望淡化了。这或许就是生物界的定律，就像那些哺乳动物里的母兽，在生育以后，她们往往就对求偶者失去了兴趣。但这难道是她的错？她的身体曾爆炸般地膨胀，而后它猛地缩回去，变得松弛、干燥、过于平静，像冬眠的土地。它不再善感，这的确让人悲哀，而男人不了解这些，又增加了一层悲哀。她的失望渐渐延伸到另一个男人身上。她肯定他们俩谁也不真的理解她，谁也无法帮助她，她经历了他们永远无法经历、理解的东西，这在她和他们之间产生了永久的隔膜。而他们还像以前那样索取她的关注、她的爱、她的时间，因为她不再像以前那样而费解、愤怒，他们不明白，总有一天，柔媚的女性会像漂亮光彩的羽毛一样从她身上褪去，宽厚、强韧的母性取代了它，这和万物生息、生命更迭一样自然、无可抗拒。

一个星期都在断断续续地下雨。连续两天，或是中间相隔一天……不下雨的日子也阴云密布，早晨的光线便昏暗如同薄暮。没有被风卷走的叶子最终被雨打落了，落叶木的树枝如今全都光秃秃的，只有对面街角的两棵松树，孤独地绿着。某一天，夏令时也终止了。白日更短，下午五点，天就完全黑了，街灯和院子里甬道两边的矮灯的光洇在湿淋淋的夜色里，街灯悬在空中，矮灯像是浮在黑沉沉的水面上。冷湿的雨天，她和儿子整天待在家里。倦怠往往和黑暗同时降临，五点以后，她开始失去耐心。敏感的孩子能感觉到妈妈的变化，于是，孩子和她不时地跑去百叶窗那儿，看夜色里有没有一辆熟悉的车开进来，灯光穿透纷乱的雨线。

他俩又一次从窗前失望而归。孩子宣布：“爸爸还没有回来。”然后，她陪他坐下来，看他重新组装一个乐高的小车。她想到自己的世界现在更小、更简单了，她又把它剪去了一大块儿。她心里空了很多。过去的回忆有时会突然间冒出来，像还未完全愈合的伤口时不时突发疼痛。

按照男友要求的那样，一个星期六，她把男孩儿托付给他父亲，自己去看牙医。看完牙医，他们就在诊所附近的一家书店里碰面。书店里有咖啡馆，他们坐在那里。她记得她食之无味地吃着他买给她的蛋糕，一边粗鲁地向他坦诚，说她现在食欲和性欲都减退了。看得出，他很惊讶她说出这样的话。她若有所思地看着他的反应，心想现在的自己该会让他觉得陌生、失望，如果这样的话，倒是一件好事。书店里暖气充足，但咖啡馆的壁炉里还是煞有介事地烧着木材，火光映照在他穿的灰色毛衣上，他看起来红光满面。她暗自惊叹：他现在显得比她年轻多了！咖啡馆里几乎都是单身的年轻人或情侣，没有孩子，没有一丝她日常置身其中的儿童的喧闹，是她曾经属于的那个世界。壁炉安静燃烧，木材的气味和咖啡的焦香在空气里微妙地缠绕在一起。她像老朋友一样和他聊天，时而哈哈大笑，没有半点儿暧昧。不过，她始终没有机会说出她想要说的话。

她说她得回家了，他们于是从书店走出去。就在书店门口那儿，他问她的车停在停车场的几楼。“二楼。”她说。“我的车停在三楼。”他说。他站在那儿踌躇了一会儿，要求说：“到我的车里一会儿吧，就几分钟。”他们坐电梯到了三楼停车场。他的车面向一根嵌在墙壁里的水泥柱子停着。在昏暗的车里，她让他拥抱、亲吻。像以往一样，她说不上反应热烈，但很柔顺。大约十分钟后，她又说她必须走了。他很通情达理，要送她下楼到她的车里。这时，她才对他说了她早已准备好的那些话。因为车里昏暗，她不必像在咖啡馆里一样在明亮的光线里被他看着，而他脸上掠过什么神情，她也看不清，所以她发现在车里说话更容易。他说他不能理解，他说如果她太累，她不必见他，他也不会打扰她，他可以等，这三年来不正是如此？但他觉得感情并没有变。他说他并不是一个非要怎样的男人，他从来不愿意成为她的负担……她那些温和的理由都被他反驳了。

“但不只是这些问题。我不觉得没有变，我感觉我已经不爱你了。”她说。她尽量不假思索、客观地说出来，像在讲和他不相关的事。说话时，她看着前面的墙和那根灰黑的、样子丑陋的水泥柱子，柱子的底部被染成醒目的黄色，以免停靠的车撞上去。他愣住了。“我觉得也不爱他了。是真的。”她又补充说。她这么说也不仅仅是为了安慰他，她很愿意对谁说说这样的感觉，她自己也困惑的感觉。他明白“他”指的是谁。沉默了一阵，他几乎用带着冷笑的语气问她：“你是说你只爱孩子？”她不喜欢这种语气，看看他，没答话。“如果这只是暂时的呢？我是说这种所有心思都在孩子身上的状况，很多女人刚有了孩子之后不都是这样吗？然后她们的生活会慢慢恢复常态。难道……非要分手吗？”他又问。她心里说“慢慢恢复常态”是不可能的，有些东西永久性地改变了。但她觉得说出来他也不会相信。过一会儿，她说：“也不完全是因为感情。我不想让我儿子长大后发现他母亲是个不诚实的女人。”这是个无可辩驳的理由，他们没有再为此争执了。他送她到二楼的停车场，看她坐进车里。她打下车窗说：“你回去吧。”他只是怔怔地望着她，表情疑惑。

结束远比开始容易得多，她想，但结束的并非就消失了。无论如何，她还是觉得她做了正确的决定。如今，想到他的温柔、周到，他对她近乎溺爱的包容，她觉得那不过是因为他不必每天面对她、面对各个时候的各种面目的她，他不需要在每天傍晚的这个时候准时开车回家，他不必被她日常的烦乱、沉闷、阴晴不定的情绪所笼罩。最主要的也许是，她很清楚他不会乐意和她一起抚养她的孩子。所以，如果有天生活真把他们放在一起，他肯定会变成另一个人。这样想，她的痛苦会缓解一些。

她意识到孩子在叫她，发觉一只小手正紧抓着自己的手臂、摇晃着她。她为自己发呆跑神儿害臊，假装兴高采烈地喊起来。“快把你的图块儿拼上。”男孩儿对她说。她这时才意识到他已经在她手里塞了几张拼图卡片。她努力辨认着他已经拼出来的图形和自己手里拿着的那些图形、色彩的碎片。她开始和男孩儿一起做拼图。他玩儿得那么专注、快乐，完全忘记了她刚才的迟钝、对他的忽略，就像他在她每次发完脾气后会迅速忘掉她的暴躁，仍然满怀爱意地投入她的怀抱一样。等他们把图拼完，他高兴地拍起小手。她亲亲他的脸颊，他马上伸出小手臂搂住她的脖子，在她的脸颊上、额头上亲了起来。现在，对她来说，这样的温柔无疑成了生活里最滋润心田的东西，是她情感世界里长出的新果实。她的生活、她的世界变小了，小多了，小得只剩下他们俩围着个果核般的微型宇宙中心规律地、日复一日地运转。但很多东西，很多她过去想当然地认为自己了解的人和事，却在她的世界变得极单纯、微小后，才真正看清楚了。

接着，男孩儿要玩儿探照灯游戏，他跑过去关上了房间的灯，一手拿着手电筒，一手拉着她，他们一起在房间里巡行。男孩儿用灯照看他各式各样的玩具，在那束光里，它们显得的确和平常不太一样。突然，他们都注意到屋子里光线的奇特变化。一大片光从窗户上迅速扫进来，漫游过墙壁和大块的天花板。屋里的很多东西被它骤然照亮，未被照亮的地方却更加阴影浓重。然后，光熄灭了，引擎的喘息声断然停止。男孩儿跑到窗前，跳着叫着：“爸爸回来了。”

男孩儿丢下手电筒，跑下楼梯去迎接父亲，她没有加入他的欢迎仪式，只是跟着下了楼。丈夫打开门，抱起迎接他的男孩儿。她在另一边站着，与雀跃欢叫的孩子比，显得过于冷静。等丈夫脱下皮鞋、换上便鞋，她对他说好了，她现在该去做晚饭了。

2018 年 11 月 28 日

沉默的母亲

1　沃克太太

沃克太太病了。她像得了厌食症一样不怎么吃饭，却猛烈地、前所未有地胖起来。沃克先生带她去看医生。医生发现她的血糖高得惊人。“她必须控制饮食。”医生说。“可她根本不吃东西。”沃克先生说。医生看了一眼沃克太太，不以为然地耸耸肩，“她显然在吃东西。”他给她开了控制血糖的处方药，还有一套测量血糖的微型仪器，要求沃克太太早晚扎破手指检测血糖水平。可无论沃克先生怎么劝说、威胁，沃克太太就是不愿意这么做。沃克先生非常惊讶，因为这是她第一次违抗他的意志。

沃克先生忧心忡忡地吃完早餐，送长子上学。沃克太太站在厨房的窗前，目送他的车消失在路口拐角处。她长长舒了口气，然后跑去车库找她的东西。

沃克太太并不是美国人，她是土生土长的中国人，中文名字叫李霞。她二十七岁时才第一次到美国，也是第一次出国，也是第一次离开她所在的那个广西小城到别的地方生活。她一直不是个眼界宽广的人，她认识沃克先生是通过国际联姻网站。她在那个小城市的初中当英语老师，在几乎要变成大龄女青年、同时找合适男友看起来困难重重的情况下，她抱着试一试的态度上了联姻网站。她的运气不错，没有碰上骗子或装扮成适婚年龄男子的老头儿。

沃克先生正当壮年，四十岁出头，他是一个相当保守的不爱交际的人。他痛恨《欲望都市》培养出来的一代美国拜金女，明确地知道自己需要一个贤惠、顾家、爱生养孩子同时不爱慕虚荣的妻子。因此，他的情史非常清白，他不在约会上随便浪费精力和金钱。他人长得也不差，身材矮壮结实。他第一次去中国探望李霞，就当机立断她是最恰当的妻子人选。她其貌不扬，身材很瘦小，像是没有发育成熟的女孩儿。她说话细声细气、磕磕绊绊，说话时几乎不好意思直视对方，但在沃克先生眼里，她自有几乎不复存在的顺从、贤良的古典妻子的魅力。既然对方是美国人，李霞的父母也就不好意思拿中国父母嫁女的诸多要求为难对方了，所以事情进展很快也很顺利。在沃克先生的要求下，他们在中国匆匆举办了一个中式婚礼。沃克先生说，按照美国的习惯，婚宴的钱需由女方来出，男方只负责购买钻戒。李霞的家人听到这个美国习惯很震惊，但他们还是接受了。

还好，沃克先生一点儿也不穷，他有车有房，也不像一般的中国男人那样要求老婆既照顾家务又上班挣钱。沃克太太把这些新发现一一转告娘家，娘家非常欣慰。起初，她的日子挺不错。先生给她买了一辆二手车，还给她办了一张信用卡。她用这张卡买家用，也可以偶尔去卖折扣服装的平价商店给自己买件衣服。当然，她不能随便花钱，因为沃克先生每个月月底会仔细核对银行账单，他需要清楚每一笔花销用在哪些地方。他倒没有什么特别要求，只需要她做好早餐、晚餐，把家里打扫干净。只是他不怎么爱说话，他的严肃令她心生敬畏。

但几个月后，她的悠闲生活结束了。沃克先生开始致力于他一直信仰的多生子嗣、创建美好大家庭的工作。“最少三个！”他说。于是，八年之中，瘦弱的沃克太太前后生了三个孩子，前两个是男孩儿，最后一个是女儿。最大的七岁，终于上小学了，她身边还留着一个三岁多的男孩儿和一个七个月的女孩儿。沃克先生很骄傲地成了三个孩子的父亲。他带着一家大小去附近的公园散步，他和大男孩儿走在前面，沃克太太在后面牵着那个三岁多的小男孩儿，身上用兜巾挂着那个七个月的小女孩儿。偶尔遇到喜欢聊天的邻居，不善交际的沃克先生也会用郑重的腔调夸赞妻子：她的工作最重要，就是照顾我们这群小天使！

除了丈夫和孩子，她几乎没有什么人可交流。她也会带孩子们去附近的儿童游戏场地，在那里她遇到其他妈妈，有些是她的邻居。那些妈妈或者看起来挺摩登，或者有主见、很强悍的样子，她觉得自己和她们差得很远。而她们在尝试把她纳入邻里妈妈圈的最初努力后，也不怎么积极和她交往了，因为她看起来那么被动、怯懦，像一只容易受惊吓的麻雀，连她的发型、衣着都给人一种垂头丧气的感觉。对她们来说，她实在既无魅力也无亲和力可言。沃克太太不太为没有朋友这种事困扰，因为她真的忙不过来，每天不是在泵奶、做饭、哄睡就是在陪孩子们玩儿，或者拖着两个孩子去买菜。她每天也花很多时间打扫被孩子们弄脏弄乱的房间，因为她丈夫对家里的卫生要求相当高。有一次，她没来得及把二儿子的玩具房收拾干净，他回家后看着满地杂乱的玩具皱眉不语。最后，他简短地扔下一句“真是脏乱得可怕！”走开了。她自责得要命，因为她再笨也能读懂他的意思：他既要上班挣钱养他们所有人，又要负责接送长子。而她，却连家里的卫生也打扫不好！

她来美国后一直没有回国。她一天也走不开，此外，身边总有一个小得不适合长途飞行的新生儿。二儿子出生后不久，她想让她母亲来半年帮忙照顾孩子。听到她这个提议，沃克先生露出难以置信的神情。在他看来，让其他人长期“入侵”他们的日常生活是不可想象的。就他自己而言，成年后的他，最多能和母亲在同一个屋檐下共同生活两个星期！而且他认为他母亲也同样如此。所以，每次她刚生完孩子从医院搬回家里，他会邀请他母亲来帮忙一周，仅仅一周！他也相信一周后，她的身体已经慢慢恢复，可以重新掌控自己的生活。“没有一个美国女人需要她们的母亲或婆母住在自己家里，帮助她们长期照料孩子！”他说，“很多家庭的孩子比我们还多。如果他们可以，为什么我们不能自己来呢？”真的，她没有看见周围的美国邻居家里住着帮忙照看孩子的老人，从来都是妈妈们亲自带着孩子们，不管是一个两个还是三个四个。对他的反驳，她无话可说。但她其实有其他的心思，她想让她妈妈到美国长住一段时间，她觉得这也是老人家的心思。但她不能说，因为她觉得丈夫不能接受。他也许会允许她母亲来住一个月，但对中国的老人来说，他们不容易理解为什么他们费尽千辛万苦办了半年的签证，却只能在女儿家待一个月。她也很难想象如果她的父母真的住在这里，会发生哪些生活上的尴尬，她丈夫会对哪些习惯无法接受甚至恼火，老人家怎么在和女婿、外孙完全没法交流的情况下住下去……所以，她想来想去，觉得也许他们不来倒是一件好事。

这样的失望不算什么。沃克太太是个柔顺的人，柔顺的人就像海绵一样反而更耐打击，他们无声无息地就把打击、失望吸收掉了。她只是累，每天都觉得累，在单调琐碎而又永无休止的家务和吵闹的孩子们中间晕头转向。当她一边急头白脸地做晚饭，一边被闹着要她陪玩儿的儿子抱着双腿，同时，她的女婴又在餐桌旁的推车里哇哇哭叫起来时，几乎从不生气的她也会感到头脑轰鸣，一股气恼、激荡的情绪涨满她的胸腔，让她想大喊大叫。但这种强烈的烦躁情绪只是偶尔出现，她能把它压下去。有时，她会想到更深一层的问题。譬如，一个女人的生活是否本该这样，还是应该有别的乐趣或意义？别的女人的生活会不会轻松一点儿、自由一点儿，而不是像她一样在怀孕、生育、喂奶、带娃的循环中不停地劳作……触及这样的问题绝不是她的本意。她决定不想这个，免得自寻烦恼。

但真正的烦恼来了。她父亲需要住院做胃部切除手术。既然她不能出力，理应多出钱。弟弟妹妹和她在电话里商定她出三万人民币，他们每人出两万。接下来，她需要向沃克先生开口要钱，但她发现难以启齿，因为她从未向他开口要过钱！这件事让她焦虑了好几天。终于有一天，在他帮助大儿子睡下，她也帮助二儿子和小女儿睡下以后，她在厨房里给他说了这件事。他很平静地听下去，同样平静地拒绝了。他说他从来没有听说过这种事——需要孩子凑钱为父母看病！他们以前应该为自己买医疗保险，他们至少应该做好自己的财务计划，存一笔钱用以支付自己的医疗费用。他说他们不能最后指望孩子们给他们凑钱，因为孩子们的钱需要用来养他们各自的家庭。再说，他也没有这么多现金给她用，二儿子很快要入托班了，那样的话，他每个月除了房贷、各种保险，以及越来越高的日用花费，还需要多出来将近两千的支出……她怔怔地看着他，他说话永远是那么有理有据、不容置疑。习惯性地，她没有争辩，因为一件事如果他决定了，她从来用不着争辩。

那天晚上，她失眠了，前所未有地失眠一整夜，伴随着默默流下的眼泪。她的生活的真相仿佛一瞬间在她面前揭开了，那就是：她没有自己的一分钱！而在这背后的更深层的真相是：在这个家里，她没有任何决定权，这里的什么都不属于她，她在这里的意义就是生养一个又一个孩子！她一夜之间变得心如死灰。沃克先生对此一无所知，因为他倒下五分钟不到就睡着了，毕竟，第二天他要一早起来先送大儿子去学校，然后赶去上班。

沃克太太发微信告诉她的弟弟妹妹，说沃克先生最近投资失败，暂时拿不出这么多钱。她的弟弟妹妹没法相信。他们从照片上见到过姐夫前有草坪后有花园的豪宅，知道姐夫开的车是凯迪拉克，他们没法相信他没有四千块的现金！他们的嘲讽、猜疑、催促加深了她的痛苦，让她无地自容。但她不能告诉他们，是她丈夫不愿意拿出这笔钱。那就意味着她向家里人公布了自己作为一个妻子的彻彻底底的失败。她一筹莫展，病了。

她仍然为沃克先生做早餐、晚餐，但她自己几乎不吃。如果他在家，她就食不下咽。她仍然怕他，但也开始厌烦他那副挑剔、郑重其事的模样。医生说得没错，她“显然在吃东西”，只是在丈夫走了以后才吃。她像只老鼠一样把去超市采购时顺便买来的各种廉价零食藏在车库的那些空箱子里，然后在孩子们睡着或是看电视或是在楼上玩儿的任何时机里拿出来，像个得了吞咽强迫症的人一样贪婪地往嘴里塞着薯片、士力架、彩色软糖、奶油曲奇饼干……

这个早晨，沃克先生已经走了，儿子和女儿还没有醒来，沃克太太给自己冲泡了两包巧克力粉，脸上带着迷醉而呆滞的神情，站在餐桌前迅速吃掉了一整包芝士饼干。她并不感到饥饿，只是，仿佛她内里有巨大的空虚需要什么东西来填充，而且她总想紧紧抓住点儿什么东西。她拆开另一包食物，几乎无意识地继续狂吃滥嚼。但在短暂的填充感之后，那空虚和无力感又滚滚而来、源源不绝、无法治愈……

2 水族馆的一天

往往，从星期三我们就开始讨论周末带宝宝去哪儿的问题。当了父母以后，我们喜欢凡事提前计划，不像两个人的时候那样热衷于兴之所至。宝宝一岁多了，尽管她走得不太稳，而且通常对我们带她去的地方也没有表现出多大的兴趣，我们还是认定带她到处看看、把她的生活安排得丰富多彩是有益的。就算是浮光掠影，就算只是颜色的变化和别样的噪声，都会在她脑海里启发出某些东西吧。到了星期五，我们终于商定，星期六带她去新英格兰水族馆。

那是七月里炎热的一天。我们俩一早就起床准备，我负责收拾外出需带的所有必备物品、照看醒来的宝宝、喂奶，他负责准备早餐、洗餐具、把婴儿车搬到车上……要出门时，宝宝按照她出行前的惯例，拉在了尿片里。我们俩合作给她洗了澡、换上新的尿片。虽然我们七点一刻左右就起床了，出门时仍然将近十点。阳光毒辣起来。像每一次那样，我们又失望了，因为在天气凉爽时出发的计划未能实现。

从我们家到水族馆是大约四十分钟的车程，星期天不容易找停车位，我们在附近兜了几圈，停在了一个离得较远的收费停车场。我给宝宝涂了防晒霜，我们推着她走了将近十分钟。到达水族馆售票处的时候，时间已经过了十一点。他看起来有点儿生气，因为时间太晚了，再过不多久又到了宝宝的午睡时间。我对他说，这不是我的错，从一早起来我就没有闲着，没耽误时间。他说他没有说这是我的错。那就不用为这种不可避免的事生气，我说。他不再说什么。但我知道，下一次，他还是会忍不住生气。他是个时间观念很强的男人，他生气的是自己无法控制时间这件事！

更让人颓丧的是售票处排了那么长的队！这条队延伸到街边时就转一个弯往相反的方向再排下去。它一共转了三个弯……他预测至少要等半个小时才能买到票。在这期间，宝宝耐不住一直坐在晒热的小推车里，于是，我们商定，他排队买票，我带宝宝去周围随便活动。水族馆外面，有一角玻璃窗，透过玻璃可以看到游弋的鱼和海龟。我带宝宝去那边看鱼，她扶着玻璃慢慢走着，一开始很感兴趣、指指点点，但大概过了七八分钟，她就要离开。我只好抱她去附近的港口看船。接近正午，天气热得可怕。她戴着遮阳帽，看港湾里大大小小的船。我注意到我的胳膊变红了，才想到自己忘记涂抹防晒霜。但那个巨大的奶粉包被我放在了小推车里，而小推车在他那里，而他被夹在长长的队伍里……我不想为了防晒霜再抱着孩子挤到队伍里去。我就这么毫无遮拦地在海边晒着阳光，一面好奇为什么孩子们不怕热。

我觉得时间差不多了，抱着宝宝走回售票处附近。她已经有点儿烦躁了。终于，他买到了票。我们三个随着浩浩荡荡的游览队伍挤进水族馆。我发现水族馆里很多和我们一样的人，领着孩子，推着童车。水族馆里的通道本来就不算宽敞，因为众多小推车，出现了拥堵。小推车在人群夹缝里东突西进、寻觅着路径，小推车和小推车之间也相互磕磕撞撞，但小推车的主人们、那些强打精神的父母相互谅解、相互宽慰。年轻的情侣们就不那么客气了，他们对到处堵路的小推车露出有点儿厌烦的神情，在小孩儿、童车和好脾气的父母们中间急切地挣扎出来。当他们冲出一条道路，他们脸上露出摆脱了我们的骄傲和轻松。我知道，我如今肯定被他们厌弃了，包括我这副凌乱的模样。曾经，我可比他们摩登多了。

宝宝坐在小推车里看不到那些在高高的玻璃后面的发光的水族。所以，先是我抱着宝宝看鱼，他推着车跟在后面，然后我们交换任务。他努力尽着父亲的义务，抱着她凑近看各种生物，给她指着、讲解着。我发现我很难凑近去看任何东西，因为我推着一辆笨重的车子。我等在旁边，而我周围的人要凑近玻璃，他们一遍遍礼貌地对我说着“Excuse me”，我一遍遍重复着“Sorry”，然后把车子扭来扭去给他们让路。当然，还有一辆辆的小推车和我擦身而过，有的小车里躺着已经熟睡的孩子。

终于，我们挤到一个可以寄放小推车的地方，就在靠近透明升降梯那边。我们决定把小车留在那儿。我已经头昏脑涨，眼前不是黑压压的人群、昏暗的通道，就是在亮晶晶的玻璃后面被灯光映照的、梦幻般存在着的水族。它们的居所被装饰得很漂亮，五颜六色的石头、贝类，瑰丽奇特的珊瑚和水藻。它们毫无意义地在那么一小块地方游弋或干脆呆呆地不动。而我们还得去三楼，三楼有喂食海狮的节目，这意味着三楼是最拥挤的一层，因为所有的小朋友和小推车都往三楼涌。从二楼到三楼的过道却更加狭窄，在这个缓缓上升的、设计成海底隧道的通道两边是穿梭来往的鱼群，银白色的小鲨鱼、仿佛有羽翼的魔鬼鱼……这个通道还很长，因为它是呈螺旋状上升的。我们不断被他人冲散，难以并肩而行。因为宝宝不时要停下来看鱼，我就走在稍微前面一些，他抱着宝宝跟在后面。一开始，我总会找到某处刚好容下一个人的缝隙，然后站在那里等他们过来，我们总是在各自视线所及的距离内。但不知道什么时候起，我突然忘记了这个规则。似乎就是一念之差，我竟然忘了我要往哪儿去、和谁在一起，只顾着往前走，从可怕的、压迫着我的人流中冲出去……

我在人流的罅隙里穿梭，感觉自己突然灵活得像一尾鱼。我全神贯注于技术层面，即如何找到下一处空隙，突破人墙和车阵的防线。我带着某种优越感超越他们——那些踯躅不前、进退两难的父母，还有他们笨拙地、徒劳地四处挪腾的小推车。我的身体又像女孩儿们一样具有了某种灵动的、雀跃的能力。

就像从一个快乐而短暂的梦里猛然醒转一样，我醒悟过来，不禁出了一身冷汗。我发现自己已经越过那个椭圆形的、被人们层层包围起来的海狮池，来到三楼顶部靠近电梯口的地方了。难怪我周围突然安静许多，因为没有几个家庭要乘电梯下楼，孩子们会要求原路返回，再好好观赏一次。我旁边的小玻璃窗里养着几只寂寞的小海马，它们一动不动吸附在海藻上，像几片古怪的橘黄色叶子。我听见海狮驯养员透过麦克风的兴奋的声音，还有孩子们的叫声和笑声。我努力瞅着，但看不到他和宝宝。我更紧张，汗也流得更多。但我确定最好的办法是原地不动，等他来找，因为人在相互寻找的过程中更容易错过。

我站在那儿，从旁边那块玻璃里看见自己模糊的影子——头发乱七八糟地束在脑后，穿着一件领口松了的T恤衫。当然，我没来得及化妆，这已经是常态。我想到如今每当我看到那些穿着样式性感的连衣裙翩翩而过的女孩儿，心里都会泛起的隐约刺痛和羞惭。生育后，我几乎再没有穿过裙子，因为需要经常蹲下身抱起孩子或是从小推车里拿东西、从地上捡东西；更不用提我以前最喜欢穿的吊带长裙，宝宝会把吊带当成玩具不断拉下来，让你尴尬无比；我也不穿浅色的衣服了，孩子的鞋会在你衣服上留下醒目的印记……以往，每个周末，我和他会去餐馆、电影院、剧院，我们会去喜欢的酒吧、咖啡馆或者朋友家聚会，直到很晚才回家。我们过得快乐、自在，很少争吵，而现在我们几乎天天都有可以抱怨对方的理由。生活完全变了！这是我们早已预料到并且自以为有足够心理准备来应对的，但实际上它比我们预料的又复杂得多。每当他离开家去上班的时候，我能从他脸上看出那种放松下来的表情，他显得心情很好，像一只准备飞向自由的鸟。而我是留下来、没法片刻逃离琐碎日常的那一个。我就像玻璃罩子后面的海马，困在小小的天地里，游来游去、转来转去，仍然还在那里。我想回到过去那种生活吗？肯定的。但是现在有了一个小人儿，她注定会一直是我最爱的人。难题在这里：你爱的人和你不喜欢的生活绑在一起……

不知道又过了多久，我没等到他们来找我，决定自己去找他们。我朝海狮池挤过去，围着它绕了一整圈，仍然没看到他们。我只好沿着那条通往二楼的“海底隧道”往下走，逆着上升的人流，一边挤一边焦虑地扫视着一张张面孔：兴奋的、疲惫的、笑着的、愠怒的、白色的、黑色的、老去的、稚气的……我一直走到存放小推车的那地方，看见宝宝的小推车还在那儿，但我没有遇到他们。紧张、忧虑、疲惫让我想哭。我呆立在小推车旁，想到唯一的办法也许是去一楼，让水族馆的客服中心广播找人。正在犹豫的时候，我看到他朝我走过来。我激动地迎上前说：“还好我在这儿……”但他气恼地打断我，质问我为什么没有停下来等他们，自己到处乱跑。他的脸涨得通红，宝宝在他怀里挣扎哭闹着。我赶紧接过宝宝，解释说我只是走得快了一点儿。但他不想听我的解释，说因为我到处乱跑，他抱着孩子上上下下找了两趟，宝宝也没能看成海狮表演。

我抱着孩子，他推着车子，我们什么心情也没有了，挤出水族馆。以前，他从不会这么粗暴地对待我。而我，脸上冷笑着，心里涌起对他的强烈的厌恶！走在路上，我们仍然在吵。

“你为什么不能动动脑子？”他继续抱怨。

“我是没有动脑子。我已经累晕了！”我说。

“我不累吗？我一直抱着宝宝，她后来要找你，又哭又叫，一直扭动，抱都抱不住。”他说。

我把到了嘴边的恶毒话咽了下去。

坐在车上，我们仍然在吵。

“我现在明白了。要彻彻底底了解一个男人，和他共同抚养一个孩子就够了！”我大声说，同时往宝宝嘴里塞着幼儿食品。

“你是什么意思？你可以去问问别的中国男人，看他们都做了什么。像我这样天天带孩子的男人有几个？”他愤愤地说。

…………

吵完，我们一路上再也不想和对方说话。

宝宝在车上睡着了，到家后我把她抱到床上，她依然睡着。我冲了凉，到厨房里喝一杯冰水。他也在厨房里，对我说：“你累的话和宝宝一起睡会儿吧。”这可以看作和解的信号。我没有看他，什么也没说，回到房间里，心力交瘁地躺在我们三个人一起睡的那张大床上。我觉得我已经不爱他了，对生活也充满了厌倦、失望。水族馆里的一天就是这种生活的真相：嘈杂、烦乱、挤挤抗抗、磕磕碰碰、充满无意义的迎合他人的努力、被迫吞下去的抱怨、落空的愿望……其本质不过是妥协和忍受。

我翻过身，看着宝宝：那是熟睡着的、天使般的脸，那也是小手臂摊开的、天使般的毫无困扰的姿势。我凝视着那张幼小的脸，感受着它的纯净、美好和对我的绝对的信任，那仿佛是莫大的安慰，让我忍不住微笑。我知道我无论如何不可能抛下她，即使我能；我也无论如何不可能回到以往那种生活，因为所谓无忧的自由已经不复存在。我所能做的，只是继续爱、忍耐，以及等待。

3　沉默的母亲

我收到大学的录取通知但还未离家的那段时间，父亲开始试着和我谈起我母亲。以前，我们都有意避开任何和她有关的话题。他大概觉得我还没有成熟到可以去面对那件事情的地步，而我也不想强迫他说。

家里任何地方都没有我母亲的照片，我的房间里只有我和姑姑、爸爸的照片。他们大概仔细地擦掉了每一点伤心往事的痕迹。但现在，我父亲不时拿出一盒盒的照片给我看。我们起初都有点儿不安、不知从何说起。慢慢地，我们开始习惯一边看照片，一边谈过去的一些事。

我看到年幼的我和她的合影，那么多照片！照片里，她用各种姿势抱着我：横抱在怀里的那种哺乳的姿势、扶着我坐在她双腿上、让我立起来站在她腿上……有些照片是在我还没有学会坐起来的时候拍摄的，我们躺在床上，她躺在那儿搂着我，或是让我趴在她身上。有一张照片，尤其让我印象深刻。照片里，我们俩面对面侧躺在床上，她穿着一条蓝裙子，我的脸朝她凑过去，我的婴儿的身体也朝她努力扭过去，好像要去亲她的鼻子，她笑着，闭上了眼睛。我还看到一些她自己的照片，是在我还没有来到世上的时候拍的。她那时也三十岁左右了吧，但看起来就像我的高中女同学。“你妈妈特别显年轻，她结婚后很久人家还以为她是个女学生呢。”父亲说。他这样说的时候，我想她当年的样子大概正从他脑海里清晰浮现出来，从他的脸上，我能看到回忆带给他的那缕光。

“她很漂亮。”我由衷地说。

“当然。”他有点儿骄傲地回答。

在照片里，她总是笑着，看上去阳光灿烂。

“我们搬过两次家，有些照片找不到了。我不善于储藏东西，总是把过去的东西弄丢。”我父亲说。他是个温柔的男人。他平时很寡言，但和我在一起时，他会尽量多说话。尤其我小的时候，他假装活泼地和我玩儿一些活动量大的游戏，他还特地去学打网球。他觉得男孩儿不能粗野，但也不能柔弱。

“肯定是有些照片搬家的时候丢了。照片我记得很清楚，你们俩的照片都是我拍的。我平时就收在几个盒子里。”他说。

“这里已经有很多了。”我说。

“我在想，等你结了婚、有了孩子以后，我会挑一些照片出来让你收藏。”

“那是很久以后的事了。”我说。

“那倒是。”他说，笑了。

我们一起看照片，那上面一般都标有日期。日期终止在我五岁那年。五岁以后，是我姑姑照顾我。我父亲坚信一个孩子的世界里不能没有女人。所以，他煞费苦心地把我姑姑从中国办理过来。他一直没有再婚。他现在告诉我，在我很小的时候，我母亲有一天开玩笑似的对他说，如果她死了，她希望他在我十岁之前不要找别的女人。他怪她不应该说晦气的话。她说她可不希望我因为年幼而遭受继母的虐待……后来，他把这些闲谈当作自己的承诺来遵从。直到现在，他仍然是一个鳏夫。

“你妈妈非常爱你。”他说。每一次我们提起她，他都会说上这么一句。

我说我从这些照片里能看出来。

“真是这样。”他强调说，“我觉得是超出一般女人对孩子的爱。你睡着的时候，她经常看着你，表情里都是笑。她那个样子让我都有点儿吃惊。直到你五岁，你都是和我们睡，她不舍得让你单独睡一个房间。她怕你晚上蹬被子冻着，怕你醒了摸不到她会害怕……她特别喜欢亲你，就像西方人那样。”

他始终维护她，带着固执和柔情。我记忆里，他对我姑姑发脾气最厉害的一次是因为她表达了对“那个女人”的不满。

我母亲画画。但在我出生之后，她什么都不画了。她原先用来画画的那个房间改装成我的玩具房。她决定把其他都放下，全心照顾我。父亲说，她怀孕期间得了一场病，在床上躺了将近一个月。那时候她变得忐忑不安，害怕胎儿时期的我会落下什么病，她还告诉父亲，说她很害怕没有能力照顾我，她害怕她担负不了这么大的责任。但这场病后直到我出生，她一直很健康，心情也渐渐好了。他们谈论到我的性别，我母亲说她希望是个男孩儿。结果如她所愿，她生下了我。一切都很顺利，顺利得出乎意料。我父亲说。

根据父亲的描述，母亲从来不是那种家务事利索的主妇。这也可以理解，想想看，那是一双画画的手，是一副画家的心肠。我刚出生那段时间，她慌慌张张、手足无措。

慢慢地，无论给我换尿片、洗澡、喂药，还是收拾被我弄脏的床铺，她也能处理得来，只是她从来不会像有些女人那样得心应手，她总是过于慌乱、紧张。不过，她坚持自己来，不愿意让国内的老人来帮忙，她认为孩子理应由妈妈亲自抚养。我没有断奶前的一年多里，一夜醒四次，她睡眠很不好。我父亲不止一次考虑在我断奶之后把我送回国一年，让她好好休息调养，但她断然拒绝。她不愿意把我丢给任何别的人照顾。

“你小时候是个不太容易照顾的小孩儿，精力充沛，不爱睡觉。”我父亲说。

“还有多动症。”我补充说。这故事我听说过。

“那只是暂时性的。但主要还是我的问题，我没能好好帮她，她基本上是一个人在照顾你，她身体又不好。”他说。母亲那时候每一两个月几乎都会生一场病。

那段时间，我父亲工作非常忙，正面临职业上的一个关键转折点。他早上很早就离开家了，晚上差不多在我要入睡时才回来。他回家后吃过她给他留的晚饭，经常需要继续工作。后来，他追悔往事的时候，反复想的问题是：

她一个人在家的那些漫长时间是怎么度过的？她都想了些什么？究竟是什么让她痛苦、烦躁不安？他后来想到当时的她一定非常孤独、无助，身边没有亲人……但在当时，他没有时间去了解她的问题，也没有想到要去了解。他当然看到她憔悴、疲惫不堪。偶尔，他回到家，注意到她有哭过的痕迹。她对他说她感到生活一下子变化太大，她还没有完全适应。他明白她的意思，以前她生活得像个无忧的少女，现在她需要当个无所不能的母亲，但他觉得这是每个女人必须经历的转变过程，她其实很少向他诉苦，因为他匆匆忙忙，也没有时间听。他也注意到她变得容易发火，容易哭泣，有时不愿说话、坐在一边发呆。但他仍然没有太在意，毕竟他还有那么多工作上的烦心事，有时他还会觉得她过于脆弱、计较、生活的适应能力不够强。他们开始为一些小事儿争吵，这在以前很少发生。

“现在你可能不理解，但以后你也许会理解我的意思。你和一个女人恋爱时，通常爱的是她与众不同或者说不俗的地方。但等你和她结了婚，你们一起过日子，你反而会不满，觉得她为什么不能和别人一样。”

“我想我明白你的意思。婚姻是务实的。”我说。

他看看我，表情显得苦涩：“每次想到我当时还和她吵架，我都没法原谅自己。”

我什么也没说。有关他的过错、他的忏悔，我并不想听。我只想听关于她的或是她和我之间的事。

“那时候，我们对心理疾病缺乏概念，根本不知道什么是 Bipolar，或者 Depression 有多可怕。我感觉她可能有点儿产后不适应，又一直太过劳累。我们偶尔谈起这个问题，她只是觉得有时控制不住自己的脾气。我们都觉得你也慢慢长大了，很快就会上学，到时候一切就会好起来。

“但是没有……也许她一个人在家的时间太久，我能想象那种封闭的、没有变化的生活，同时要一个人克服很多日常的困难。”

“对。她的身体越来越不好，这也是一个原因。”父亲说。

我注意到，我两三岁时的她的样子和我婴儿时期的她的样子，有相当大的差别。她变得面色苍黄，皮肤松垂。

照片里的她仍然笑着，但笑容里有深深的倦态。在她想要展现出来的快乐自我和她真实的模样之间，有着明显的距离。她整个人显得迷茫、虚弱。

“后来我拿到了终身教职，那时候你也已经过了三岁。我和你母亲商量，不久后就送你去幼儿园前一年的托班。我当时的感觉是最难的时候过去了，好日子要来了。你看我多蠢。”他说。

“你没发现她病得更重了？”我问。

“当时看不出，可能事业上的发展让我乐观得盲目了，忽略了某些重要的东西。但我也确实感觉到了异常，可我还是没有把它当成严重的疾病。我那时能早点儿下班回家，所以我们在一起的时间也多了。我发现她情绪会突然变坏，甚至会对你或是对自己吼叫。有时你做错了什么或是我做错了什么，她会气得浑身发抖，然后坐在一边哭。她非常爱你，但她控制不了自己的情绪。”

“我明白……这是病症。”我说。

“她经常显得沮丧，情绪不太稳定。但她从不对你动手，”他说，“在她最不能控制自己的时候，她会摇晃你的肩膀，一个劲儿地对你大声说着。如果我在旁边，我一定马上制止她。慢慢地，她会从那种类似歇斯底里的状态平静下来。你那时已经很乖很懂事，当你知道你激怒了母亲，你不反抗，也不辩解，你会安静地看着她，对她说你知道自己错了。”

我已经不记得这样的情景了。我想象着，想象着那个幼小的我，在暴怒的、摇晃着我的母亲面前。我想我应该不是像父亲说的那样“安静地”看着她，我大概是很害怕，怕得不敢开口争辩，同时害怕她离开我、不再爱我。但这种事应该不经常发生，因为我自己毫无印象。我父亲向我再三保证，说这种极端的情况仅仅发生过几次。他说他想了很久才决定坦诚地把所有这一切都告诉我。我说我很感激他这么做。

“那阵脾气发过去之后，她就会因为伤害了你而后悔，她又会因为自责而哭得很厉害……”

“她只是没法控制自己。”我说。

“她非常爱你。这一点我不会骗你。”

“我能感觉到。”这是真的。仅仅从照片里，从她的眼睛里、姿态里，我都能感觉得到。

当母亲的精神状况和身体状况都明显不太好时，用我父亲自己的话说，他又做了一个错误的决定。他认为她应该回国休养一段时间，暂时离开我。她不愿意，但他们俩讨论很久之后，他让她相信情绪失控的她有可能伤害我，所以这样做对我是有好处的。于是她接受了。我被送去上幼儿园前一年的托班，父亲接送我，奶奶在家做饭、照顾家务。他们商定的母亲的休养期限是半年。

“一切都没有迹象。”我父亲说。

他们俩每两三天打一次电话。起初，他明显感到她的心情好了一点儿。在电话里，她也曾亲口告诉他，感觉自己身体和心情都好多了。

“她很想你，这是她每次电话结束时对我说的话。我们打电话，其实大部分时间都在说你。她什么都想知道，你在学校做了什么，奶奶给你做的什么晚饭，你晚上睡着了会不会做梦……我们都觉得最好不要让你频繁地和她通话，怕你听到妈妈的声音会伤心。”

他说这些的时候，我正在看那张照片——我和她的最后一张合影。照片是在她回中国之前，在我们当时住的房子的后院拍的。她蹲下身子、左手臂紧紧揽着我，我挨在她身边傻傻笑着。她笑得很淡，看起来甚至有点儿神秘。

一个多月之后，她就走了。根据她和父亲之前的通话，她曾去过几个地方旅游，说都是她以前想要去但没时间去的地方。她还去了北京一个画家村看望她的一位女友。父亲鼓励她在那边住一段时间，和其他画家交流交流，她还笑着说在家待得懒了，不想画了。最后，她去看望了一位年迈的姑妈。无论到哪个地方，她都会给我买东西，有时候是一个草编的小虫，有时候是一盒泥人儿，还有小扇子、木葫芦和手织毛衣……她还给我画了好多幅小画，用铅笔画在白色 A4 纸上，各种我喜欢的动物、小车……

像我父亲说的，一切都没有迹象，也没有前兆。他们最后一次打电话时，她仍然像平常一样说话，什么也没有交代。两天后的一个夜里，她从自己住的公寓走出来，走进附近的一条河里面。她选择自杀的时间是午夜，这足以证明她要离开的决绝。

“我告诉你这些，是觉得你长大了，理应知道关于你母亲的、过去的一些事。但我不希望你有疑虑，觉得你母亲的死和你有任何关系。”

“我从来没有这么想过。”我说。

“那就好。你知道那只是一种病。躁郁症、抑郁症，类似这样的心理疾病。但我们当时都忽视了。这是我的错。”他说。

“别这么说。”我安慰他说。

“她最不愿意伤害的人就是你。”过了一会儿，他又说，取下眼镜擦拭镜片。

我想说什么，但没说出口。我想说的是无论如何，我还是受了伤害，但我知道伤害我的不是她，我甚至不知道伤害我的是谁。我想对他说一件事，就是大概在我上小学的时候，每当校车到达一个地方、一个小孩儿下车冲一个女人奔过去，嘴里喊着“妈妈”，我都被这声音深深刺痛。我知道我没有机会喊着这个称呼、朝她跑过去、被她抱住，就像我很小时候那样。我被剥夺了这样的权利，整整一生。那时，我幻想着当校车把我送到我家所在的那个路口，我突然发现等在那里的是我的妈妈，而不是姑姑。幻想得太强烈，以至于我经常觉得它会真的实现……我忘了这幻想是从什么时候开始淡去、被我放弃的。一个小孩儿也会绝望的。

我看着她，照片上的我的母亲。她的样子和别的影像重叠起来。父亲不知道那些丢失的老照片是被我拿走的，其实，我早已熟悉她。在某些夜晚，当我确认他和姑姑都已经熟睡的时候，我才会拧开床头那盏睡眠灯，在接近黑暗的光线里看她的照片。我看着她，我的沉默的母亲，只有我和她。她爱我，这一点我从未怀疑。我也爱她，尽管我永远无法理解她。我们无从知道她那幽暗的内心世界里究竟发生过什么，而她最终选择了沉默，选择把那扇门永远地向我们关闭。

2018 年 6 月 25 日

黑鸟

1

他们第一次去岛上那天下着雨。岛上的马路像城里公寓或私人社区里的小柏油马路那么窄。路两边，雨水“哗哗”流进敞开的排水沟。水那么清澈，沟底有碎石和断枝，看起来不像排水沟，倒像两条小溪。水沟后面是广袤的针叶林，氤氲的雨雾里，高大、笔直的松杉仿佛列队默然伫立，苍翠延绵无尽，林中不时闪过一条褐色的小径。在马萨诸塞州，人们喜欢散步，森林里总有专为散步者辟出的蜿蜒小径，其宽度容不下两个并肩的人，因此不能称之为路，只能说是 trail（小径），上面往往覆盖着厚厚的、松软的落叶或松针。他们在雨中走去那房子。格利克不打伞，这样的雨他说是 shower，不屑于打伞。其实雨并不小，她撑着伞跟在后面，听到装在格利克夹克口袋里的手机发出指令——谷歌地图还在通报路线。

在他们身后，大西洋和天空已连成了一片浩渺烟雾。雾里有一团朦胧的灰色影子，像浮在海面的巨兽，那是他们来时乘坐的船。船应该很老了，噪声大，船身颠簸，但它的底舱里仍然能载小汽车。他们了解到，这艘老船是岛上居民出岛的唯一工具。居民坐它到对面的镇上去购买食物等日常用品（岛上除了一个小礼品店再也没有别的商店）、取信、看电影、把车从镇里开上通往各地的高速公路……从那里，他们才算是登陆了正常世界。

这岛上的许多房子是波士顿人为度假买下来的，夏天里的三个月或加上暮春和早秋的一点儿时间，他们不时来这里住一段时间。冬天里，房子多半空着。常住岛上的人则过着一种几乎与世隔绝的生活，有的人开辟了一个菜园，自己从事一点儿简单的耕种，有的人则只是退休养老，和岛上的风景为伴。

他们要看的那房子是格利克在 Redfin 上查到的，它是一座深褐色的两层木屋，外加一个半层阁楼，叫价三十二万。她觉得在这么荒凉、连邮局都不会送信来的岛上，这个价钱一点儿也不便宜。格利克说，他查了近几年岛上房子的交易记录，这个价格不算高也不算低。他们从船靠岸的地方走过去，大概走了十七八分钟。当她看到那房子的时候，她有些沮丧。它比照片上显得旧多了，外墙漆大块大块剥落。老式的木窗框因为脱漆也变得颜色驳杂。她看到这种窗户就想到冬天的寒风从窗户里钻进去，让房子变得冰冷。她当年刚到波士顿时，临时租住在一栋老房子的一个套间里。房子的窗户冬天透风，暖气又老旧，升温很慢，害得她在房间里也要穿着羽绒马甲。住满两个月后，她就赶紧搬走了。

木屋本身虽然看起来老旧失修，但也还有个亮点，就是院子很大。前院还开辟出一个小花园，收拾得很整齐，花园一角挖了个小小的鱼池，周围摆了一圈大圆石，竟然有点儿东方园林的意思了。他们走过去看，池子里没有鱼，只有一些睡莲叶子浮在水面。

他们在玄关那儿套上房主提供的鞋套，进屋参观。房子内部倒维护得不错，一点儿也没有外观那种破旧感。它的摆设，从钉在墙上的原木色画框，到铺在木地板上的红色团花波斯地毯，以及阳台上摆放的那些参差有序的盆栽，都让人感到主人是个整洁、有些品位的人。她对房子的印象好了不少。

回去的路上，当她提到房子脱落的外墙漆和老旧的窗框时，格利克提醒她说，不可能有完全理想的房子，如果在波士顿，他们花一百万也买不到这个面积的带花园的房子。她同意他说的。

后来，格利克试图挑些毛病把价钱压低一点儿，但他也没抱什么希望，只是试试。出乎意料地，房主接受了他的报价，在原来的价格上减掉三千美金。中介告诉他们，房主住在波士顿，但平常一直请岛上的居民来定期打理房子和院子，所以内部才维护得这么好，如果不是房主要去外州工作急于卖掉，他们绝不可能以这样的价钱买到这栋房子。

几个星期后，他们一起去签合同。格利克付了房款，户主写他的名字。按照他们俩以前的协议，格利克出房子的钱，她负责翻新和装修费用。

2

她和格利克之间有很多协议，主要关于钱。在很多中国人看来，他们未免把一切分得太清楚了，但她对于这种美式做法很认同，觉得反而可以避免不必要的纠纷。从她二十多岁来美国那一刻起，她就决定按照美国人的方式来生活。她在美国结交的第一个男朋友也是美国人，此后她就习惯了只结交美国男友。格利克是她的第六个男友，这是指长期交往过的男友。不知怎么回事，她和交往过的男友都没能结婚。她和格利克在一起也已经七年了，如今两个人都已经五十多岁，到了想有个伴儿一起老去的年龄。但格利克认为婚姻协议是毫无必要的，她表示赞同。

她知道那些同胞说起她，都会讥讽地说她是个只找美国男人的中国女人，这其中甚至包括她最好的朋友于淼。她能想象于淼对别人说起这些事情时那副嘲弄、惋惜的样子。她们俩在一起时，她也不掩饰这种嘲弄。但她太了解于淼是怎么样的人了，她虽然爱嘲弄、议论别人，但她对人从无坏心眼儿。于淼看不上她这些男朋友，说她不能接受和天天一起睡的男人到餐馆吃顿饭还要 AA。

她说："那有什么？我觉得没什么。凭什么男人就得请女人？"

"你是故意曲解我的意思。我当然可以请男人，男人也可以请我，但不能刚睡了觉接下来就开始算账单。我说的根本不是钱的问题，而是那种斤斤计较。"于淼说。

"你还是没有接受他们的文化，你这种不愿男人和你算账的想法还是很中国。"

"我承认。所以你能和他们处得来啊，我不行。不过，我没必要全盘接受他们的做法。他们也没有接受我的啊。"

有一次，她无意间对于淼说起格利克喜欢吃中餐，她经常去华人超市买食材，这个钱她一般就不和他算了。而如果换了格利克，他会把所有超市的账单在月底归总，然后算出来每人需要分摊的。

于淼立即说：“我就知道，他和你算得那么清，你却不会和他算那么清。你忘了本杰明的事？”

“我可不想提那个人。”她开始后悔对于淼讲那些闲话了。

“我只是有时候懒得去算这些小钱。每个人习惯不一样。有时候我把收据都弄丢了。”她又说。

“那你还是不够美国啊。”于淼讽刺她说。

她知道朋友其实是替她不平。于淼尤其不接受格利克始终不愿结婚这一点，说他只是要找个免费保姆。她当然不同意于淼的说法，但她俩谁也说服不了谁。

买下岛上的房子后，他们就一直忙着翻新和装修。她以为重新刷外墙漆就行了，结果来检查的专业人士说屋顶也不行了，建议换个全新的屋顶。屋内虽然保持得不错，但门窗都相当陈旧，尤其窗子，冬天肯定会钻冷风，需要换成密封效果好的双层合金窗。原本厨房是个单独的小间，和起居室、餐厅各自隔开，而这导致屋里的墙太多，把空间分成了一个个间隔的小块儿。格利克想让室内的布局现代感一些，成为一个开放的整体空间。于是，他们又得找工程队拆掉这些墙，把起居室、厨房、客厅完全打通。洗澡间肯定要重新装修，因为浴缸、马桶都小而旧了，瓷片颜色他俩都不喜欢。他们也得重新装中央空调，靠房子里老旧的取暖器，冬天人会在屋子里瑟瑟发抖。以前的房主一家只是夏天来度假的，而他们是要常年住在这里，需要它非常舒适，尤其能抗御新英格兰地区长冬的严寒。

忙碌了两三个月以后，他们的房子从外面看已经焕然一新，里面则现代感十足，舒适宜居。那些日子里，他俩经常在屋里屋外逛游，谈论着自己的想法、对每一片小空间的规划，兴奋而满足。格利克称它是他俩的 nest，说这个就是最坚固、持久的窝了，是他们的养老窝，他哪儿也不会再去了。她说她也一样。她打算在后院儿开辟一块地做菜园，这样他们经常能吃到新鲜的蔬菜，她还想养两三只母鸡，可以给他俩提供新鲜的鸡蛋。格利克非常支持她种菜的想法，他一向喜欢她烧中国菜，承认那是他被她深深吸引的原因之一。但对于养鸡的想法，他有所保留，担心会招来浣熊、臭鼬等野生动物。

当然，打造这个窝的花费也不少。按照以往的协议，里外装修的这些费用，包括添置新家具的钱，应由她出。她为此花了差不多十五万美金。不过，她觉得这些钱花得值得，因为这会是她终老的家。

房子整修好了，大件的家具、电器也都买齐了，他们开始添置一些装饰品和小件日用品，譬如格利克需要的酒架、各式酒杯，她喜爱的餐具，还有屋子里的摆件、室内室外需要的新植物。他们之前没有谈及这些东西应该由谁来买，所以格利克说谁买了就保留收据，最后再分摊。但他主张为了避免乱买东西，需要双方都同意购买才能分担费用，因此在购买任何家里共用的物件之前，要征得对方同意。她当时正处在装扮新窝的狂热中，觉得他定下的这个规则有些烦琐，也让人扫兴，毕竟买这些小物件并不需要大笔费用。但她还是同意了。

格利克是个较真儿得有点儿古板的男人，但他也有有趣的地方。他喜爱观察鸟，会画些素描和水彩画。当然，他称不上画家，只是个人的小兴趣。他画的素描通常是鸟和昆虫，水彩画则是风景，譬如树林、湖泊和港口。有时候，他一大早就带着望远镜出门去看鸟了，他偶尔也带着他的画架、折叠椅去野外写生。他教会她认识很多鸟：红翅黑鸟、冠蓝鸦、新世界莺、黑冠山雀、美国金翅雀……她很难记住这些鸟的名字，但他从来不失去耐心地教她。他告诉她无论是对鸟还是其他野生动物，最好的方式就是尊重它们的习性，不要去打扰它们。他非常讨厌别人拿面包或随便什么自己吃的东西喂食野鸟，他看到总会生气，说这些人只是为了自我满足，既无知又不负责任，根本不去想这些东西是否适合鸟来吃，它们吃了会不会生病。他也会开房车带她去林中野营。作为在港口小镇长大的麻省人，他会玩帆船、汽艇，精通各种水上运动，车子出了简单问题，他也能自己修理。他几乎就是她理想中的那种美国男人，除了在金钱上过分认真、和她泾渭分明。但她安慰自己说，她的不舒服只是中国式思维作怪，而这正是她应该摆脱的东西。

3

他们在岛上的生活虽简单，也算得上快乐充实。只要天气晴朗，他们就出去散步。有时一起，有时分头行动。他喜欢钻到林中探索，她喜欢沿着岛上的小马路去看看别的居民区、别人家的院子和房子。很快，她和岛上的常住居民都熟悉了。他们喜欢她、重视她，因为她是小岛上唯一的中国人，也是唯一的亚洲人。她花很多时间管理她后院的菜圃，在那里种了丝瓜、长豆角、香菜、葱、生菜、辣椒、番茄……格利克则负责照顾花木、草坪，清理那个小小的池塘。

她最终说服格利克允许她养三只小母鸡，又从网上定做了一个坚固的鸡寮。有天早晨，格利克从窗户那儿看到一只狐狸从后院跑走。他们赶紧去查看鸡寮，发现三只鸡并没有“遇难”。她每天弄弄菜地、打扫一下屋里卫生，负责做三餐，空闲时间里再翻阅她订的那些烹饪、园艺杂志，一天也就差不多过去了。格利克则会在户外消耗更多的时间。他也阅读他的杂志:《国家地理》《鸟与花》《国家野生动物》。因为生活极其规律，岛上又太寂静，他们通常夜里十点多就上床了。那个屏幕巨大的电视机难得打开一次，格利克说生活安静得让他对体育频道都失去了兴趣。每隔两三周，他们会开车回波士顿一趟，去看场电影或听音乐会，或者仅仅是去市区走走，以便和城市生活不完全隔绝。

转眼就是秋天了，院子里堆满厚厚的落叶。好几天里，格利克都在耙树叶，把树叶装进他购买的巨大塑料袋里，足足装了十六袋。进入冬天，她的花园和菜圃荒芜了，她把鸡寮挪进了车库。因为门窗的密封很好，格利克又早早在屋子里生起壁炉，室内干燥、温暖。感恩节过后，他们去纽约住了四天，算是度假，然后就到了圣诞节。第一场雪还未降下，但天气已经冷得无法在外面长久逗留了。格利克比她耐寒，他会穿着厚厚的户外装、戴上毛线帽去看鸟。她则整日待在屋里，望着外面荒寂的院子。北方的冬天很漫长，岛上的冬天更长。她有点儿想念朋友、想念过去的生活了。闲得无聊的时候，她也会回想过去的几段恋爱，回想她和那些男友如何相遇，如何同居，又如何争吵、分手的那些细节。她想得有些恍惚、感伤，不清楚自己算不算是蹉跎了岁月。

在所有这些男友里，她想得最多的是本杰明。他是她最喜欢的那个，当然也对她伤害最深。她一直不知道在他的密友圈子里，他是人尽皆知的花花公子，而她是遭人耻笑的“那个傻亚洲女人”。在他们同居的时候，他从没间断和别的女人纠缠。很多事她都是和他分手后才知道的。他们同居时，她经常帮他还信用卡账单，因为他自己还不了，他欠了太多钱。分手后，她没有问他要这些钱。她并不在乎这些钱，但当她想到这些钱可能被他拿去和别的女人鬼混，她也会愤怒、伤心。这个性情极端的男人，热情起来就像一团火，冷酷的时候又像一把冰刀。他那时喜欢唱大卫·鲍伊的“My Little China Girl”和她调情，她现在还记得那首歌的调子。他也喜欢陪她逛服装店、帮她挑选衣服，他眼光极好，再也没有其他男人陪她做这些有趣的事。和本杰明在一起时，她只有三十五六岁，她自己觉得那就是一个女人最好的时候。而现在她五十多岁了，已经没有那令人烦恼的生理期了，住在一个孤岛上，过着如此平静的养老生活，种菜、养鸡。如果不出差错，这样的生活会周而复始二十年，或者三十年……

格利克是她交往过的男友中最稳定持久的一个。你可以说他有点儿木讷，也可以说他清高，反正他不会去费劲讨好女人，因此也不是个受女人欢迎的男人。他也曾交往过两三个女友，但几乎从不提及她们。他唯一提及的一个叫米歇尔，他说初见她会觉得她很普通，但每一次再见到她，都会觉得她更漂亮了，他认为这一点相当奇特。她想，那有什么奇特呢，不就是中国人说的“耐看”吗？但她没有说出来，不愿扫他的兴。她觉得既然他还记着这些，说明那个米歇尔曾是他的真爱。遗憾的是，和本杰明一样，米歇尔非常可爱、有趣，但不忠。

格利克偶尔谈到他的爱情观，说他一旦遇到合适的人，就心无旁骛，想一走到底，因为他不喜欢改变，对他来说，去适应新的人、新的关系，是巨大的头疼。他这种感情的“专一”也体现在饮食口味上。譬如，他只喜欢原味芝士蛋糕，每次点餐后甜品，他都会点这种蛋糕。她劝他尝试别的，他会说，我知道这个好吃，为什么冒险去吃别的？他喜欢中餐，但最爱吃的菜也总是那几道。他给她讲过一件童年小事。他小时候不吃任何蔬菜，他母亲很头疼，使用了各种方法想让他吃一点儿蔬菜，但都不奏效。最后，她恼火了，让他坐在餐桌那儿，在他面前放一小碟沙拉，对他说，或者吃两口，或者就一直坐在椅子上不许下来。他那时候只有四五岁吧，他就在那把高椅子上一直坐着，坚决不碰碗里的一根菜。一个小时后，他母亲定的闹钟响了，他被允许从椅子上下来。反复几天，他母亲终于放弃了。

一月里的某个上午，大风呼啸，院子的地上落了很多刮断的树枝。早餐后，格利克仍然出门了。她洗好餐具，把中午准备做的一条排骨泡在温水里化冻。忙完这些，她在沙发上坐下来，注意到一只鸟一直在外面叫。她穿上羽绒服走出去查看，发现声音是从后院传来的。她绕到后院，看到后院那棵落光了叶子的白橡树上，一只黑鸟站在最高处那根树枝上，缩着脖子，仓皇地顾盼，叫声凄厉。风很大，黑鸟又站在顶端，在那一片透着寒意的青灰色天空衬托下，它显得孤独而渺小。她很少看到鸟儿在冬天站在树颠狂叫，她想大概是发生了什么不好的事儿，譬如它的同伴被浣熊吃了、幼鸟丢了……她在树下仔细找了两圈，并没有看到其他鸟的残尸或羽毛。她仰头看看它，它仍然在寒风中呼号。她又去院子里的其他地方找，后来，在靠近房角的一个地方，她看到了一个乱蓬蓬的、被风吹散的鸟窝。她明白了，它住在那棵白橡树上，但夜里风太大，把它的窝吹掉了。她看着地上摔碎的鸟窝——别在一起的一堆小树枝，还有些杂草，决定把它捧起来、放回树下，心想那黑鸟也许能用什么方法把这窝重新粘结起来，再弄回到树上。随后，她又去厨房里抓了一小把藜麦，撒在白橡树下面，希望它至少能从高冷的枝头飞下来吃点儿东西。

她回到屋里，从卧室后窗那儿注视着黑鸟的举动。它没有降落到它的旧窝那儿，也不去啄地上的藜麦。它一直站在那根旗杆般高高擎起的孤枝上，张望、鸣叫。它显得执倔、古怪、孤绝。她观望了一会儿，想到早上烘干的衣服还没有从烘干机里取出来，就去洗衣房了。接着，她又忙些零碎家务活儿。当她再去后窗那儿查看那只鸟什么情况时，发现它已经不在了。她跑到外面，来到那棵树下，想看看它是不是躲到某个避风的地方了。但她没有找到它。

格利克散步回来以后，她马上告诉他这件事。

“鸟儿不会再要吹掉的窝。”他说。

“我们能帮帮它吗？”她问。

“它没有受伤，也不是冻僵了，只是窝被风刮掉，我们什么也做不了。尽量别去介入大自然的事。你看，我那么喜欢鸟儿，但我从不乱喂鸟。它们应该按照自然的方式生活。”

“我知道……但它会被冻死吗？它现在不知道去哪儿。”

“它只是飞去别的树上了。别担心，它很快就会再盖一个窝。它总能再找到一个家。”他对她说。

4

春天，于淼来看望他们，她说她主要是想来看看他们的“世外桃源”。她和格利克坐船到对面的港口接她。因为岛上没有餐馆，她选择在镇上一家海鲜餐馆吃午餐。她自己叫了龙虾浓汤和熏三文鱼沙拉，于淼叫了蟹肉饼配水煮蔬菜，格利克叫的是炸鱼薯条。付账时，侍者要往格利克那边走，她赶紧叫住他，把信用卡递给他。她似乎看见于淼微微一笑。

饭后，两个女人想在镇上逛逛。走在街上，她们俩在前，格利克百无聊赖地跟在后面。每次有于淼在场时，气氛都有些尴尬，因为她这位闺蜜和格利克相互看不惯，而且他们彼此也知道。这时，于淼用中文问她，格利克会不会把他那份餐费还给她。她觉得又好气又好笑，拧了她一下。

“可是他也吃了，你应该问他要。”于淼揶揄地说。

“他是陪我们吃的。如果他朋友来了，我们请吃饭，他也会出我那份儿的。很公平啊，对不对？”她低声说。

“你喜欢就行。”于淼说。

经过一家古董店时，她注意到橱窗里的一盏复古台灯，黄铜灯座，灯罩是用教堂手绘彩色玻璃做成的。一盏古朴、美丽的灯！她立即想到可以把小台灯放在他们的床头柜上。她告诉格利克说想进去看看这盏灯，他们卧室里也刚好需要一盏台灯。他点点头，跟着她俩走进店里。那盏小台灯标价五十九美金，她问店主能否便宜一点儿卖给她，她知道古董店里一般都可以打个小折。好脾气的老头儿笑了，说因为你的眼光好，我只收你五十就行。她转过头问格利克是否喜欢这盏灯，格利克耸耸肩说如果她喜欢，他也没有意见。“我们卧室确实需要这个。”她强调说。“我不反对。”他说。老板用纸仔细地把小台灯一层层包起来，然后放进一个牛皮纸手提袋里。她接过店主递过来的纸袋。店主看着他们，等有人付钱。她两手抱住纸袋，站着没动。格利克走过来付了钱。“需要收据吗？”店主问。“需要。”他说。

夜里，她和于淼在客房里聊到很晚。于淼说特别喜欢这个房子，里里外外都好，欣慰她总算有了自己的房子。她告诉好友房子以前的状况，这些日子里他们如何忙于翻新、装修，还有她和格利克的经济“分工”。于淼说因为她花了一大笔钱升级了房子的外观和内部装修，这房子的市值和他们当初买的时候已经完全不一样了，将来如果要卖的话，它会值五十万，而不是三十万。

“我们肯定不卖，之所以这么装，就是想一直住下去，住到老。”她说。

“我知道，我只是提醒你这房子有你的投入，所以户主不应该只放格利克的名字，你也应该是户主之一，这才公平。”于淼说。

“这一点……我倒是没仔细想过。当初格利克说他负责买房费用，我负责装修费用，我就同意了。”

“所以我才提醒你。既然你们两个习惯算得很清楚，那你也要考虑事情是否对你公平。你想一想，万一，我是说万一，你和格利克分开了，房子完全在他名下，你装修花的那么一笔费用就说不清了。你明白我的意思吗？你们毕竟没有结婚。”

“我……大概明白了。”她觉得朋友说的的确有道理。

“你应该和格利克谈一谈，他是个讲道理的人。”于淼说。

她回到卧室的时候，格利克还没有睡着。她躺下不久，他突然翻过身来抱住她。她明白他的意思，但觉得太疲倦，告诉他今天不行。他不强迫她，随即松开了她。她不太喜欢这种感觉——不做爱就松开拥抱，难道不做爱就不可以抱一会儿、不可以亲吻吗？其实到了她这样的年龄，做爱带给她的快乐没那么强烈了，她更喜欢那种不以做爱为目的的亲密，更单纯、温柔的亲密。

从古董店买回来的那盏古董小台灯已经用上了。它身型玲珑，发出很淡的橘色暖光，适合当一盏床头小夜灯。格利克还在翻身，她知道他还没睡着。

“格利克。”她喊了他一声。

“嗯？什么？”他问。

“还没睡着？”

“差不多快睡着了。”他含糊地说。

她觉得她想问的话很难问出口，问了也很可能被误解。她沉默了一会儿，问他：“你喜欢这盏灯吗？”

“还不错，”他说，“虽然有点儿女里女气。”

“所以这盏灯……我们可以分摊吧？”她开玩笑似的问。

“可以。”他说。

“你就不能送给我吗？”她依然用那种开玩笑的口气。

“你想要的话我当然可以送给你。但是，那又有什么意思呢？你让我把你喜欢的每样东西都送给你，然后我要你把我喜欢的每样东西送给我，那样的话，最后和现在又有什么区别呢？”格利克说。

“格利克，你说得没错，但太理性了，你不能偶尔放松一下？”

“亲爱的，我一直很放松。”他说。

她想，算了吧，还是不要说。

但过一会儿，他问她：“怎么了，瑞秋？你想说什么？”

她想，既然他问，就索性说出来吧。

于是，她问他：“你觉得这样真的舒服吗？我是说……每个小东西，连一盏台灯的钱都要分摊。”

格利克没有立即回答。

她觉得就像她一开始担心的那样，他已经误解了，他不会认为她想开诚布公地谈谈这个困惑，他肯定把这理解成了她的抱怨。

格利克终于说话了，他说：“我想我们俩在这方面没有分歧，我们一直以来也是这么做的，我不觉得有什么不舒服。不过，你今天怎么了？是因为那位中国女士说了什么吗？”

她知道他生气了，他甚至不愿提于淼的名字，称她为“那位中国女士”。

“和她没有关系，是我随便想到这个。”

“可能你太累了。睡吧。”他说。

5

又到了夏天，每个星期都会下雨。丰沛的雨水让树和草都长得茂盛。从窗户里看出去，到处葱葱郁郁。格利克在前院儿里种下的鸢尾花、绣球花、玫瑰花一拨接一拨地怒放。岛上的人多起来，往常空无人迹的沙滩和码头都有人来来往往，岛上唯一的纪念品商店外面增加了一个卖冷饮和冰激凌的帐篷。邻居之间开始相互邀请赴茶会和聚餐，每次她带上她做的中国菜去赴约，都会收获许多赞叹。生活重又充满活力，也十分惬意。她越来越喜欢这个岛和他们岛上的家，可她一直没找到合适的时机和格利克谈那件事。在她心里，她已经无数次“预演”了这样的交谈。一方面，她觉得自己的要求十分合理，几乎没有可能被拒绝。但另一方面，她知道自己在极力找借口往后推迟这件事。

那天，她从港口小镇取回一个包裹，里面是她从一家专门卖欧洲货的网店上订购的桌布。那块橘色杂糅着金黄、充满抽象图案的桌布产自葡萄牙，给人的感觉就像夏天的阳光一般绚丽。当她兴奋地把桌布拿给格利克看的时候，他说他觉得他们平时用不着桌布。她说或许他们请朋友过来喝茶时可以用一用，它实在太好看了，充满了异国情调。格利克淡然地说，那样的时候恐怕一年也没有几回，同时提醒她买之前没有和他商量，没有征得他的同意。她这才想起他定的那个“规则”。“哦，没什么，”她说，“我是自己喜欢才买的，这个钱我自己出。”格利克说那很好。

她喜欢事先做足准备。一个周末，趁格利克离开岛上去探望他母亲，她请了一位专业的房产经纪人到家里来给房子做估价。那男人没打领带，但穿了衬衫和深蓝色西装。他在院子里和房子里到处转着，仔细观察，在随身带的小本上做些记录。几天以后，他发了一份详尽的评估报告给她。她发现的确如于淼所说，因为重新翻修，房子增值了很多。有了这份评估报告，她觉得可以和格利克谈那个问题了。

她找了个她认为合适的时机。那天晚餐，她做了格利克最喜欢吃的糖醋排骨和麻婆豆腐。餐后，她煮上咖啡，让格利克先不要离开餐桌，说她有件事想和他谈谈，他们可以边喝咖啡边谈。

“看起来像是很严肃的事？”格利克笑着说。

“你先看看这个报告。”她说着，拿出来那份准备好的房子估值报告。

她之前对格利克提起过她给房子做估值的事，所以他不怎么惊讶，只是说：“我实在不明白你为什么找人来给房子估价，但你说你想要知道它现在的市值，现在好奇心已经满足了？其实，我不需要看这个文件。”

“你最好看看……现在的估价比我们当初买下来的时候涨了十七万五千。”她说。

“那真不错，你告诉我不就行了？”格利克说，随便地翻着那几页纸。

“这也是我今天想和你谈的，之所以增值这么多，是因为我们的房子全面翻新过。”

“所以？”格利克这时抬起眼睛看着她，似乎有点儿明白她要说的事情比较严肃了。

“所以，这个房子目前的价值也包括了我投进去的装修费用，大约十四五万。那么，如果我认为我也应该是户主之一，你不会觉得不合理吧？”她尽量让自己说得自信、一鼓作气。

格利克再次翻开那份文件，他比较认真地看了一会儿。

“瑞秋，你改变主意了？我以为我们当初说得好好的。”他说，果断地合上文件，把它推到一边。

“你认为是我改变主意？但你觉得现在这样合理吗？在我投入十几万之后，我的名字和这房子完全无关，我没有一点儿拥有权，你觉得这合理、公平吗？”

“那我们当初的协议——至少是口头协议——又有什么意义呢？为什么当时你同意而现在试图改变？那么我们来这么想：我花了三十一万买下这栋房子，你花了十几万来装修，然后你要求和我一样成为房主，你觉得这样才公平。但我觉得除非我们付出了差不多同样的钱，也就是说，平摊房钱和装修费，否则我认为这对我并不公平。”

“是的，我没有和你完全平摊，因为你当时决定自己买下这房子，你是这么说的。如果你需要……”

“我现在不是在说重新分摊房钱的问题，在我看来，这不是一个选项。我只是说，我不想改变原来的协议。”格利克打断她说。

“但为了这栋房子，我也出了十五万，我的贡献体现在哪儿？我连户主都不是。”

“你可以住在这儿，永远住下去。”

“所以，”她忍不住冷笑一声，“我的钱相当于我住在你的房子里所付的‘租金’？”

“我不会这么说。瑞秋，这不像你，讲点儿道理。”

“我一直非常讲道理。”她提高了声调。她想，她从来没有这样和他争执过，也许就是因为她太讲道理了。

“那很好。我觉得先让我们都冷静一下。”

“不，格利克，这一次我坚持。”

他皱起眉头看她，仿佛在判断她是不是动真格的。

她有点儿激动地接着说：“在我们中国人看来，夫妻之间不需要完完全全的‘公平’。你对我讲了太多的公平和不公平，连一盏灯、一个盘子，我们都要算得清清楚楚以便公平。我不反对。可现在我也为这房子做了贡献，你却不愿把我的名字加上去。在我们中国人来看，夫妻之间还有感情，还有牺牲和付出，不光是要分账。”

好一会儿，他沉默不语。然后他说：“我相信你们中国人有你们的方式，但那未必是我们应该采用的方式。我们一直都是这样的，我以为你对此没有异议。”

说完他站起身，再次声明他们俩都需要先冷静下来。他把他的咖啡杯拿去厨房用水管冲洗了一下，倒扣在控水架上，就上楼了，留她一个人坐在餐桌边。

她独自坐在那儿，把杯子里剩下的咖啡一饮而尽：冰冷、苦涩。她刚才说得太激动，以至于有点儿想哭。但她慢慢地调匀呼吸，让自己平静下来。她感到很不舒服，这个结果是她始料未及的。她以为他可能会不高兴，可能会提出一些条件，但没想到他会断然拒绝。她并不缺钱，她可以现在就跑到楼上去，告诉他她随时可以扔给他另一半房款。但她不想这么做，因为她觉得他就是应该把她加到户主名上，即便她不付那笔钱。她知道很多女人一分钱都没有出，她们的丈夫还是会把她们的名字放在那儿，愿意和她们共有那些东西，可为什么在她付出这么多以后，却得不到这样的权利？她想不通。他们有多年的感情，是他不愿结婚，现在她只有这么一个不算过分的要求，他却不予考虑。她真的想不通。

他们随后又谈过这个问题，每次都不欢而散。格利克坚决不让步，他咬定问题不在他这里，是她变卦了。而她坚持目前的状况对她不公平，他却选择无视。他们卡在了这个坎儿上。最后，她提出了分手。格利克很震惊，说他没想到她竟然会拿分手来威胁他。她对他说这不是威胁，而是她考虑很久之后的决定，因为她无法接受在这么多年的感情以后，他仍然这么自我中心、完全不替她着想。格利克说这不是自私，只是他有他的原则，他认为两个人要结伴生活，就要尊重共同的原则。她说她无法接受，因为这只是他的原则。格利克说他会很难过，但他尊重她的决定……

就这样，他们分手了。结束七八年的感情当然让人痛惜，但她实在想不通为什么他无法对她哪怕慷慨一次，想不通为什么他可以坚守他的原则，而她总得让步。她觉得自己已经尽力了，但这根刺扎得太深，即使她留下来，它也会一直刺痛她，那种无法吞咽的挫败感使他们的关系再也不可能恢复如常。

她要求格利克至少偿还一部分装修费用，他一开始觉得这不公平，说他们之所以在装修上花那么多钱，是因为这个房子本来就是为他俩准备的，他自己住的话，完全不需要做这些昂贵的装修。但她坚持说她等于把一切装修的价值都留给了他，他理应付一半（虽然她只要求他付三分之一），如果他不接受的话，她只能找律师看该怎么解决。他最后同意了，但说他一时拿不出那么多钱，他会分期还给她。她知道他说的是实情。其实，和她在一起，他会过得更好些，但他宁可选择孤独。从某种程度上，他还是那个宁可坐在椅子上一个小时也不肯吃一片菜叶的固执小孩儿。

那天早上，她一个人悄悄地离开岛上，没有向邻居们告别，也坚持不让格利克送她，说这样可以避免不必要的伤心。在此之前，她的东西都已经分批打包寄走了。当她站在岛上的码头等船的时候，她想到他们第一次来岛上看房子的那天，雨和海雾连成一片，那时她以为这里就是终点……只有她一个人在等船。大西洋上的晨雾渐渐变得稀薄，像牛奶被水稀释，最终于阳光中消散。她想到过去的那些恋情，那些模糊了的男人的身影、褪色的场景、破碎的片段，它们也像晨雾一样慢慢稀薄、消散，不留影迹。又一次，她失去了爱人，失去了家。后来，她登上那庞大的破船，独自一人坐在船舱最后排，在船身震荡的颠簸和发动机的轰鸣中离开了码头，眼见那熟悉的岛越来越远。她想起去年冬天站在白橡树孤枝上的那只黑鸟，格利克说过，“它总能再找到一个家”。

2021 年 9 月 27 日

双份儿

他们到楼下大厅喝咖啡。他一个人的时候，很少喝咖啡。但她喜欢这样，坐一会儿，聊聊天，就像是一个结束的仪式，一个过渡。如果是他，倒宁愿躺在床上消磨这四十分钟，即使什么都不做。而事情做完各奔东西的断然的感觉，以及目的明确的东西都是她所反对的。她喝卡布奇诺，他喝双份儿的浓缩咖啡。

他们不常见面，通常一周一次。有时候她家里事情多，那就只好两周一次。见面之前，他需要想想和她聊些什么，因为他不想让这么难得的见面时间里出现冷场，或是让她觉得自己谈吐无趣。和她在一起时，他对说话总没有信心，这和他的职业不太相符，他是律师。

“我最近睡得不够，很憔悴。”她有点儿沮丧地说。

“对我来说，你怎么样都美。”他说。

她只是笑笑，露出她听惯了这类恭维话的表情。

他自己知道他说的是真的。当然，走在街上，他随时能看到一个比她身材更玲珑、脸蛋更年轻娇美的女人，但他觉得那未必是“美”，因为那并不会让他心动。而她吸引他，包括她的眼神、脖颈的曲线、小动作以及她的衣服都吸引他。有时他看着她，觉得什么东西在他心里隐隐流过去。他觉得这是美。

“我说的是美，不是漂亮。”他有气无力地说，想进一步说明自己。这倒是他的职业病，想把什么都解释得更清楚些。他想她或许不完全明白他的感觉，但女人总会喜欢听这样的话。因此，他知道自己把这样的话说上一百遍她也不会厌烦。

“那也只是对你来说。”她说，眼神掠过窗外。

“对，就是对我自己来说。其他人怎么看，我一点儿也不在乎。”他承认。

她喝了口咖啡，眼神有点儿异样地望着他：“我觉得你也会在乎，尽管你总是说你不在乎。”

他没接话。她并不容易讨好，和她在一起也不轻松。但她身上还是有种东西让他喜欢，矜持而又骄傲。他们又总能说到一块儿去，就像她刚刚说的那句话，他立即就明白了她的意思。他也什么都可以告诉她，他知道她能理解他所说的任何事情。这种默契是他和任何人都没有过的。

他今天打算给她讲讲另一个女人的故事，和她完全不同的那种女人。

“比你美的女人我只见过一个。”他决定讲那个故事，二十年前的一件往事，他从未对任何人提起过。

“我才不相信呢。”

“真的，我是说我认识的女人，而不是那种在电影里看过或是街上遇见的。”

“你是说曾经有过交往的？”她盯着他，表情生动起来。

“不算是交往吧，只能说认识。”

“你以前给我讲过她吗？这个比我美丽的、你交往过的女人？”

“还没有。”他说。

“那你给我讲讲，我一定要听听你和她发生了什么故事。”她说。

“你确定你想听？”他有点儿犹豫了。

“当然。”她应战似的挑了下眉毛。

“有点儿难以启齿。或许不应该讲，我怕你听了会改变对我的好印象。”他笑着说。

“如果你敢把我的胃口吊起来然后不说，我现在就走。”她假装去拿她的手包。

他伸手按住她的手腕。他知道她每次的小小威胁都是为了看他立即投降的样子，她需要建立一种甜蜜的臣服关系，即便只是个假象。

“那你现在就讲。”她命令他说。

“好的。我现在就讲。不过，做好心理准备，我要讲的这个女人是妓女。”他说。

当时，我在纽约那家律所工作还不到两年，他们派我去中国处理一家美国企业的案子，这算是第一个由我负责的大案子。那是将近二十年前，美国的企业不信任中国当地的律师事务所，但他们希望纽约的律所能派一个会说汉语的华人律师，因为在中国打官司会涉及一些公务之外的社交活动。美国人都明白“公务之外的社交活动”指的是什么，他们确定唯一合适的人选就是我。他们叫我不用担心经费问题，因为涉及“社交活动”的必要开支都会由客户公司负责。

我就这样被派回广东，这是我出国后第一次回国，中间隔了将近六年。我没来得及回家看看，因为客户公司催得很紧。其实，我当时对国内的情况一点儿也不了解，你知道我大学毕业后就到美国念书了。而出国之前，我在国内几乎一直生活在校园里。到了那边之后，我才明白，美国公司对国内的情况并不是一无所知，他们也建立了自己的关系网。他们需要我去不仅是当代表律师，更重要的是当一个联络人的角色。

所以，我去了以后既要准备诉讼材料、寻找法律依据，也要和那些能够影响判决结果的各色人等打交道。这些人里面有比较低一级的，像当地公安和检查机构的小官僚、地方法庭的法官，他们直接关系案件本身的判定。也有更“高等”的关系，那就是公司给自己寻找的人脉深厚的“能人”，譬如陈叔。陈叔的家族在南方尤其是广东有很大的势力，这得益于他位高权重的伯父，尽管老人家早已经去世了。陈叔这样的人什么都不缺，他需要的只是好心情，这样他就乐意帮你。我很快被介绍给陈叔，客户公司把他视为能解决问题的最关键的人。很奇怪，陈叔似乎很喜欢我。他经常邀我陪他吃饭、喝茶，问些美国的情况。后来，我得知他有个儿子在美国宾州。我想，他大概在我身上看到了他那个儿子的影子。

我和陈叔几乎每两三天都碰个面，如果他顾不上和我碰面就让我给他打电话“汇报”一下我这边的情况。陈叔的样子和我想象中的一点儿也不一样，他看起来就是一个六十来岁的干净文雅的老人。他喜欢写写毛笔字，自己养花喂鸟，吃饭也简单。他经常问起国外的制度、文化，对这些很好奇。他听我讲的时候很专注、面带笑容，会插入一些问题。他对人说话也温和、慢条斯理。他爱笑着叫我“傻愣小子”或是“嫩瓜”，说我来这边两个月里学的东西肯定比在美国混几年学到的还要多。

陈叔说，客户公司的这件事他很清楚，不是老美公司的错，是强龙遇到地头蛇了，正是因为这样，他才肯帮我们，他不是那种不讲是非就出手的人。但中国的情况有点儿不一样，就是对的事情还得按照对的方式办，那才是对，否则就可能是错。陈叔还对我说，他是可以直接插手，把这件事“压”下去，下面那些人也会照办，但照办了以后他们心里却不舒服，有人心里不舒服就是留了后患，所以这样不好。我得好好去找他们“谈”，一个一个地谈，把每个环节理顺，最后大家心里都舒舒服服的，这才算是把事情办好了。他说他叫我去找那些人谈，一方面是办事，一方面也是让我历练历练。陈叔告诉我去哪些地方谈事情最合适。

如果我不是跟着那些人进过那么多风月场所，我是绝对想象不出那种浮靡淫秽的乱象的。我那时年轻，谈过一次恋爱，还是在上大学的时候。我对你提到过我那个初恋女友，那时候什么都不懂，只是和她看看电影、拉拉手。所以，无论是对女人，还是对爱情、对性，我都还抱有幻想，突然进入那样的场所，有些事情难免令我作呕。真的，我一点儿也不喜欢那种生活，你想象不出那些人的丑态百出。有一次我真的吐了，不是因为喝酒，而是一个法官喝多失态，当着我的面上演撕小姐内衣的活春宫。我推说胃疼跑到厕所里吐，然后我再也说服不了自己回到酒廊包间里和那个畜生道别。但我还是招来经理，帮他付了小姐陪夜的钱，安排了住处，把一切都打点好……我后来把这件事告诉陈叔。陈叔听了呵呵一笑，说这种人太多了，但这样的人绝对做不了大事，区级法院的法官就封顶了。后来，我对这种昏天黑地的生活也麻木了，说服自己这是必要的历练。他们在我眼里变成了一种摆设或是活动的物件，这样我的恶心感就不那么强烈，有时候，我还能和他们开几句玩笑。

你可能不相信我会出污泥而不染，但我没有骗你，毕竟我还从未和女人做过那事，而我觉得自己还不至于到找妓女解决生理需要的程度。我那时候很年轻，可以说年轻气盛。其实在那种地方泡得时间久了，大概会出现两种情况，或者没有廉耻，不再当回事儿，或者真的没有了胃口、不觉得是什么诱惑了。我陪那些人天天出入这种地方，算是夜夜笙歌吧，不过从来没有叫女人陪夜。有时候我诓骗那些人，我和他们一起唱歌的时候也会叫一个小姐陪着，最后散伙儿之后大家各进各的房间，我再把那个女人打发走。无论喝酒还是陪玩儿，那些人倒不过分为难我。我猜一个原因是他们觉得我从美国回来，规矩大概不一样，另一个原因就是我有个护身符陈叔。

陈叔这个站在最高处的人，反倒是我在那个圈子里遇到的唯一一个干净、可爱的人。如果不是我也喜欢陈叔，经常和他聊聊天、喝喝茶，被他云淡风轻地开导一番，那种日子应该是很难熬下去的。我当时觉得一切离我理想中的“工作”太远了，我的工作是解释法律，结果自己却不再剖析法律和案情，而是去剖析那些人的卑劣欲望而后再去迎合这欲望。但我当时是个有野心的人，我有另一个想法。我想把这个重要的案子处理好，好给自己在律所争得一席之地。我还想着，如果这是个好开头，以后中国这边的经济案件大概都会交给我来负责，那么我成为合伙人的梦想就不会太遥远。而我通过这个案件在这个地方建立起自己的关系网，尤其是认识了陈叔这样一个人物，那么以后我单独开一个为外国在华企业服务的律师事务所，也不是完全不可能的。总之，正是这些野心部分地抵消了我的羞耻感和对现实的厌倦。

在那两个多月里，我见识了我之前将近三十年里都没有见识过的一些人和事。我之前三十年的人生里从没有见过那么多的女人，群聚在那种昏暗的场合里，一群一群的。她们大多很漂亮，有些年轻得令人难以置信。每次和陈叔见面，他都开玩笑地问我这次有没有“开荤”。我说“没有”，他接下来就会说：“好啊，还是个傻愣小伙儿呢。”我依稀感觉到他其实是赏识我这个“傻愣小伙儿”的，所以我倒有了另一个抵抗色欲的动力。我必须在面对陈叔的试探时，表现出我的意志力来，这样他才会觉得我是个可以干大事的人。有空时我陪他下围棋，给他读英文报纸，拼命博取他的好感。我相信我和他的父子般的交情，是我在这次回国处理案子的任务中意外拿到的一张王牌。

事情就和陈叔预料的一样，控告方退缩了。我打算在回美国之前先回老家一趟看望我的父母。那天，我去见陈叔，要跟他道别。他那时正和几个人打牌，叫我第二天再来，说要给我饯行。

第二天下午，我按照约好的时间到陈叔家。下午我们就在他家里泡茶、聊天。他祝贺我“初战告捷”，还询问了美国律所的代理律师大概是怎样拿酬劳的。他说晚上要带我去个没去过的地方吃饭。后来，我们就坐上他的车出门。司机把车一直往郊外开出去。开了一个多小时，我们到了一个周围环山的地方。车又往山上开了将近二十分钟，我看到了山上的一个小别墅群。五六栋三层红砖洋房，错落地散布在绿树丛和山石中，相隔不远。会所门口有两个门卫，看起来不是普通的保安，倒像武警。庭院的景观设计得非常怡人，花木扶疏，还有自然的溪流。我想，这大概就是传说中的神秘会所。

“这是吃野味儿的地方？”我试探着问陈叔。

“野味儿也有，什么味儿都有。你也算是辛苦到头了，今天好好享受。”陈叔笑呵呵地说。

我们那天吃的晚饭和以前吃的饭不太一样。只有我们两个人吃饭，前后上了一道汤、八道菜。有两三道菜我根本看不出是什么，陈叔也不告诉我，其他人仿佛得了他的指示，无论是一直站在旁边照顾我们用餐的那位经理还是上菜的服务员，不管我问什么，她们都含糊其词，只是在一旁笑。陈叔说，反正都是能吃的东西，你觉得好吃就行，我要告诉你，你这美国回来的可能反而不吃了。晚饭吃了将近两个钟头，喝了两瓶红酒。我很兴奋，告诉了陈叔我以后想在中国自己开律所，为跨国企业打官司的想法。饭后，我们又去了另一个房间，抽雪茄，喝烈酒。陈叔劝我品尝一种日本的威士忌，味道很好，但雪茄让我头晕，我抽了不到三分之一，就把它熄灭了。陈叔又带我去另一个地方，说是酒后喝点儿茶。那时候已经很晚了。我问他我们什么时候回去，陈叔说今晚就在这儿住下了。

喝茶的房间布置得很典雅。小桌、几案、摆件看起来都是古董。一面玻璃墙应该是对着后面的山景，但深夜只能看到园中星星点点的灯光，仿佛烛光。靠玻璃墙修了一条狭长的室内水渠，养着锦鲤。茶桌正对的那面墙靠前一点儿，摆着架古琴。陈叔对那个一直跟着我们的男人说了两句话，过一会儿，就有三个女孩儿到屋子里来，其中一个抱着把二胡。陈叔说，北方人，还是喜欢听二胡。我说，陈叔很风雅啊。陈叔说，干喝茶有什么意思，有点儿声音好。陈叔问我喜欢听什么二胡曲子，我说我只知道《二泉映月》。陈叔就叫抱二胡的那姑娘拉《二泉映月》。另外两个女孩儿，一个泡茶，一个在一旁给我们服务。

这三个女孩儿，看起来年龄都在二十岁上下，每一个都异常漂亮，但给我们泡茶的那个女孩儿最漂亮。用漂亮来形容她可能有点儿词不达意，她实在是美丽得超出常规。我以前从来没有见过容貌那么美的女孩儿，当然后来也没有再见过。那种美貌就像是一道闪电的强光，或是一声惊雷，会把你完全震慑住。等我从愣怔里回过神，我偷偷打量陈叔，他看起来却没有什么特别的反应。他叫泡茶的女孩儿“小周”，看起来他们认识。这也不奇怪，陈叔应该是这地方的常客。后来，《二泉映月》拉完了，陈叔又让拉一曲《空山鸟语》。拉完，他邀那拉二胡的女子过来一起坐着喝茶。我猜想那时候已经是午夜了。酒精和茶在我身体里混合起来，让我既醺醉昏沉，又亢奋。陈叔说他也困了，喝完这一泡茶就去休息。后来，我们俩去洗手间，陈叔问我觉得那三个女孩儿哪个最漂亮。我说泡茶那个。陈叔眯着眼睛瞧瞧我，然后笑着说："傻愣小子倒很有眼光啊。那今晚就让小周陪你吧。"我以为他说的是玩笑话，但又觉得陈叔一般不会开这样的玩笑。陈叔看我愣住了，又说："这是犒劳你，你这段时间也算是守身如玉了，乱七八糟的地方我不会带你去玩儿，这里的人你都可以放心。"

我们再回去喝茶时，当我想到坐在我对面的那个美得惊人的女孩儿今晚会和我睡觉的时候，我的血就往脑门儿涌，激动又恐惧不安。我想我看起来大概更呆滞或是错乱了，陈叔很快拍拍我的肩膀，站起来说老人家要先去休息了。我急忙站起来，决定和他一起离开。两个男人就等在门外，一个是自从我们到会所来就跟着我们跑前跑后的，他赶紧对陈叔说房间都安排好了。另外那个满面堆笑的男人说，他会带我到我的房间去。我和陈叔就这么分开了。

我随着那个男人出了主楼，在灯光暗淡但花木葱茏、散发着浓郁香味的园子里走了一小会儿，到了另一栋小楼里。他把我带到了二楼角落处的一个套间，确认我没有什么别的要求后，就离开了。我在园子里吹了风，又用冷水洗洗脸，但我不仅没有清醒一点儿，而且感觉头脑更晕眩亢奋了。我在想陈叔刚才说的话究竟是不是玩笑话。我没有去洗澡，我歪在床上想这个问题，又仿佛在等着什么意外发生。我听到有人敲门，是那个叫小周的女孩儿来找我。

你知道，虽然我之前去过很多风月场所，还能够和小姐们聊聊天、开开玩笑，但看见她，我这些荤话、应对的伎俩都用不上了。我感觉开不了口。她看起来确实和你能想象的那一类女人完全不同，除了口红，她几乎都没有化妆。泡茶的时候，她的头发是束在脑后的，现在她把它披散开，黑亮、顺滑，像乌黑的绸缎。她看起来又柔弱又羞怯，问我她是否可以进来。我没有回答，只是闪到一旁，她就进来了。她并没有做什么挑逗的表情或动作，只是安安静静地坐在套间小客厅的一张沙发椅上，看着我。我坐在她旁边那张双人沙发上，在离她远的那端。我猜想她至少比我小十岁，她大概只有十八九岁。我想我可以趁着酒劲就把她上了，然后我第二天醒来说我只是喝醉了，不知道自己做过什么。那么，无论对于自己还是陈叔，我都没有什么好愧疚的……我坐在那儿，脑子里较劲儿，各种念头的旋涡，让我头疼欲裂。我很想站起来，在房间里狂走，但我只能坐在那里不动。我害怕我一旦站起来，会做出什么我自己也意想不到的事。

“我们说说话吧。”我听见自己大声说，好像要宣布什么。我知道我在给自己壮胆。

“好啊，说说话挺好的。”她温顺地回答。

她坐在那儿，穿着一件淡青色的布裙，和我说着话，不时抚弄一下滑下来的头发。她的样子看起来似乎是你的女朋友，而那情形就像大学时候某个让你迷醉、昏沉的时刻，深夜里，你喜欢的女孩儿被你挽留在男生宿舍里和你说着话。但她又谁都不像，因为我从没见过她这么美丽的女孩儿。我想大概初见时她的容貌给我的震撼太强烈了，所以我一直不敢轻举妄动。我像是不急于毁坏过于美好的东西那样拖延着时间。而在我脑海里，斗争还在继续，旋涡被一只无形的手疯狂地搅动着。我想我两个多月来，是如何熬过了种种诱惑，我想我不能在离开前的一晚毁了自己……但这么美丽的、让人心荡神驰的一个女人，我一生大概再也不会遇见了。

我搜索枯肠地问她问题，问她老家哪里的，什么时候到广东的，家里还有什么人……她都老实作答。然后，我又告诉她我的生活，我在国外求学的经历。我心里隐隐觉得也许我和她熟悉一点儿，她在我心里有了更多的血肉，我要把她当成妓女，和她干那件事的冲动就会小一点儿。我这样拖了很久。后来，那个女孩儿突然说她要给我倒杯水，我说我不需要，但她还是起身给我倒了杯水。她把水端给我，我接过来放在旁边的小桌上，她突然在我面前跪下来，把两手放在我的腰上，对我说："要是你不喜欢那样，我也可以用嘴。"

不知道为什么，我猛地抓住她的手腕，把她推开了。与其说这是我的反应，不如说这是某种条件反射，类似受惊以后的条件反射。然后，我就像突然间奋起一样跳起来，浑身充满了一股壮烈的激情，一瞬间决定了我该怎么办。

我很惭愧刚才那么粗暴地把她推开，我尽量温柔地把惊愕万分的女孩儿按坐在我刚才坐的那张双人沙发上，让她直愣愣地、端坐在那儿，对着半蹲下来的我，好让她直视我的眼睛（一定是被酒精和遏制的欲望烧得通红的眼睛）。然后，我对她说我不需要她给我任何服务，因为我不能像别的嫖客那样去糟蹋她！而她不应该做这种工作，因为她长得那么美……我一定是语无伦次又激烈地说了很多，我赞叹她生得美，说这样的美完全把我震慑住了，这样的美应该是净化人的，而不是用来满足龌龊的欲望……我还批判这个堕落的社会，讲有关人的尊严、女性应得的尊重以及自立的重要，等等。我像是犯了我的职业病，仿佛我是在对着她演说，或者我其实是在对自己演说，试图说服我自己。后来，我真把自己当成英雄了，我觉得我应该把她从这个泥沼里救出来。我表示如果她需要，我可以当那个帮助她脱离这种肮脏生活的人。我当时的确是这么想的，我想到我可以找我的一些同学，帮她介绍一份真正的工作，我可以送她去电脑培训班，这样她去我朋友的公司做一个文员绰绰有余……以后我还会资助她读书，让她能好好地做一份事业，她会发现另一种人生，干净、光明的人生。我也对她这么说了。你看，我那时候多蠢！在那个小姑娘眼里，我这个年近三十岁的男人可能连一个小孩儿的阅历还不及，就是个又蠢又自我感动的书呆子！不过，她怎么想，怎么看待我，这已经完全不重要了。

她看起来听呆了。我突然想到，她需要钱。我问她她服务一次别人给她多少钱，她说了个数目。我就把这个钱给她，又另外给了她两千，让她明天就辞职，不要在这里再待下去了。我还写了我的电话给她，让她离开这里以后就和我联系，我会帮她介绍工作。然后，我让她回去休息。她疑惑不解地看着我。我恳求她说："你现在就走吧。"我慌着要把她赶出去，因为我一直狂躁不安，怕自己会突然改变主意。真的，我自始至终没有碰她。她走了以后，我仍然激动得无法入睡。我在想我是怎么控制住了心里的魔鬼的，我是怎么能把我对她的狂野的欲望硬是压制下去的，而等她离开了这里、某一天给我打电话时，她的生活又会如何不同，而且更主要的是，因为我的救助而不同。就是这样，我在自我感动中，为她构思了各种新生活的图景……

但第二天发生的事也许会让你发笑。第二天上午，我感觉刚刚睡下不久，陈叔的司机打电话叫我去吃早茶。吃茶的时候，我哈欠连天，陈叔意味深长地看我。我想，他大概是误会我了。在回城的车上，陈叔显得有点儿冷淡，不大有兴致说话。我不能让他觉得我终究没经住考验，于是，就对他说我昨晚什么都没干，我让那个女孩儿走了。我还等着他赞许，但陈叔没像以前那样开玩笑，只说"好，好"。过了一会儿，他对我说这事他已经知道了，因为那个姑娘晚上没做成我的生意，就过去陪他了。他说："妓女就是妓女，你不能连妓女都信。你这样，以后恐怕要吃亏。"

我大概好半天没说出话。陈叔安慰我说，他本可以不对我说的，但他之所以还是说了，是因为他心里确实有点儿把我当儿子，他想最后给我一点儿提醒，让我知道世上很多东西不是看起来的那个样子。"你也别把自己当救世主，很多错都错在有人想当救世主。世上的事看得多了，就知道每个人都有每个人该待的地方。"所以，我明白那个女人把我和她说的那些蠢话都告诉了陈叔。我对陈叔说，我感激他告诉我，给我一个教训。

我后来没有回国开律所，我想，我还是不适合回去。我也没有再和陈叔联系。那件事让我觉得，他其实没有像他说的那样把我当成儿子看待。我更像是他养的一个宠物，像他鱼缸里的观赏鱼，他只不过是喜欢观察这些愚蠢的小东西在那个鱼缸里毫无意义而又不得要领的游动。

“所以，你还一直记着她？那个妓女？”等他讲完故事，她问。

“记得是记得，但这不是故事的重点。”他说，有点儿羞惭。

“我当然知道。故事的重点是那个妓女骗了你，她要挣双份儿。她很贪，辜负了你的天真。”她笑笑，扫了眼手表。

“我知道我那时候太可笑。从客观上，陈叔也算帮了我。我往后至少不那么轻信了。或者说，让我看不清的东西，我知道选择离得远点儿。”他说。

“也可以说可爱。想想你慷慨激昂地对着一个妓女演讲，下面还在和自己的生理本能斗争，就好像你在人性的法庭上为你自己做结案陈词。”她揶揄地说。

“好吧，你觉得好玩儿就行。”他满怀情味地看着她，尽管明知她是在挖苦讽刺他。

“很好的故事，我听得入了迷。不过，我现在该走了。”她很果断地拿起了她的包。

他叹了口气，说“我该走了”从她嘴里说出来，是他最不爱听的一句话。她又笑了一下，似乎不以为然。他们往外面停车的地方走的时候，她又说：“我在想呢，其实你并不是天真，你只是说服不了自己把第一次给一个妓女，在那样一个地方。你大概是想把她先改造好，变成什么白领小姐，再占为己有吧？就像古代的书生，给妓女赎了身，觉得自己救了风尘……可惜她没响应你。”

“你真了解我。”他顺水推舟地说，“但对我来说，一点儿也不可惜。”

“当然。像你这样的男人，就算你刚开始要了她，最后你还是会把她甩了。”她说。

他没接话。他在想她所说的“像你这样的男人”究竟是什么意思。在她心里，他是否冷漠又自私？

他开车送她到她家附近，按照她的要求，把她放在一家花店前面。然后，她自己会再走两个街区，回她的家。她不让他开去她家所在的那条街上，怕碰到什么人。曾经，他们有个机会在一起，但阴差阳错地错过了。后来，当他再问这个问题时，她就说，她还没有准备好，她需要更多时间……他觉得对于她这种女人，还是不要有任何催促或逼迫，否则她就会断然逃掉。他让她在花店前面下车，看着她走到花店里去，他想她会顺便买一把鲜花带回家吧。在车上，她看起来有点儿不悦，一路上气氛沉闷。他有点儿后悔讲了那个故事。无论她显得对故事多感兴趣，总有些东西会让她不高兴——他竟然对那个女人还记得那么清楚……她自然可以选择让他承受嫉妒，譬如，把他阻隔在她家所在的那条街道之外，但她却尽可去嫉妒一个二十年前的、和他没有发生过任何关系的妓女。不过，连他自己都会觉得惊讶，当他讲的时候，更多的细节就浮现在他脑海里，他对那张美轮美奂的妓女的脸、对于那天晚上发生的事记得那么清晰，尽管他连他初恋女友当年的样子都记不清了。

时间是大约下午四点半，他打算开车回事务所再处理一些文件，六点半以后再回家。所有的道路已经开始堵车，早下班的人们在赶着回家。他被堵在车流里，向后倚靠在座位上，看外面苍茫的秋天的景色——橙红、金黄的像一丛丛巨大的花朵的树，褐色的草，从天空流过的、翻卷着的灰白色云朵。路两边的树的叶子很美丽，但不到半个月大概就会全都凋零，时间就这么流逝过去，又到了另一个漫长的冬天，然后是三个月的风雪季、两个月的严寒，春天在第二年的五月才会到来。现在，季节的变化竟能引起他的感触，而曾经外在的一切仿佛和他无关，春天、雨水、红叶、雪、严寒，这些都是飘在目光之外的一晃而过的风景，是真正的身外之物。现在，它们却仿佛进入他的内里，他和它们有了同样的律动、气息，仿佛他回归了天空、大地，变成了植物一样的东西……他有时会突然陷入那种阴沉的情绪之中，仿佛被浓雾笼罩：那种老之将至的无力之感，那种被时间消磨之后的厌倦，就像生活正离他而去、留下一个背影，背影也越来越远，很快就会变成一个远方的模糊的灰点，而他仍然得在那些日复一日的琐碎、没有意义的事务里消磨着余留的黯淡的有生之年……车子往前爬动，又有哪辆车在按喇叭。他讨厌那些乱按喇叭的焦躁的车，因为他自己一点儿也不急着回办公室，更不急着回家，他不急着去任何地方。在他这个年龄，几乎没有什么东西值得他激动地、匆忙地赶路，除了去捕捉、占有、体会那一点点快乐，但这快乐又转瞬消散，之后就把他抛掷在漫长的荫翳之中。他想，他也有他的“双份儿”，他明知卑劣、罪孽却始终舍弃不了的东西。

2018 年 10 月

钻戒

那年，临近元旦假期前的一天，方杰说要带我去康州见见他哥哥。这让我有点儿吃惊，因为以往他哥哥来看他，我都会回避。

方杰是家里最小的孩子，除了这个大哥，他还有个姐姐在国内。他说他的大哥比他大十六岁，因此有点儿像家长。大哥 90 年代就来到美国，也因为这个，方杰被拒签过两次，他们怀疑他有移民倾向。方杰 2008 年来美国读博，比我早一年多。2012 年的时候，我们同居了。2014 年，方杰博士毕业，留在读博时老板的实验室里继续做博士后。我当时已经读完了硕士学位，在另一个实验室当技术员。他开始提到结婚的事。为了表示诚意，他送我一枚钻戒，算是求婚。那是一枚价值八千多美金的卡地亚钻戒。这让我挺震惊，当然也感动，因为他做博士后收入并不高，这枚戒指花了他五分之一的年薪。我接受了他的戒指，我们算是订婚了。

之后，方杰开始谈他的时间规划：他说等我们回国见了双方家长以后就在国内举办婚礼；婚后就赶快造小人儿（因为我们也三十岁出头了）；他做完博士后、谋到正式教职后，我就不用工作，可以像他老板的太太一样，在家里照顾孩子……我没有认真地和他讨论过这些计划，因为我觉得这些事似乎还很遥远。在这里生活了几年以后，我感到自己变得消极了些，也可能是年龄大了，开始懂得很多东西并非自己所能计划或主导。我有时感到自己像是被一股不可捉摸的外力推到了一个个点：完成学业、工作、订婚。幸好方杰喜欢计划，他认为这是生活有序的体现。譬如，我们一起旅行，他会制定一个时间表，几点起床、几点吃完早饭、哪个时段去看哪些景点。我刚开始不太习惯这种踩着点儿旅游的方式。但慢慢地，我同意这是一种更科学有效的方法。

方杰的哥哥在耶鲁一个研究机构做研究员，住在康州的纽黑文。虽然麻省和康州相距不远，但他们俩走动并不频繁。这些年里，他哥哥来看过他几次，有的假期，他会去哥哥家住两三天。我有时怀疑他和哥哥的感情是否不那么深，因为他们几乎不打电话。他说这是因为他们年龄相差太大，有“代沟”，而且哥哥是个不太爱说话的人，所以确实没什么好聊的。

那天早晨有一点儿薄雾，我们开车上路时雾也已经散了。冬日的晴天，总是晴得更透彻奇异、光芒四射。外面仍然很冷，也许零下两三摄氏度的样子，但阳光把封闭的车里晒得暖烘烘的。我们俩都只穿着一件毛衣，仍然感到热。我们并不经常出门，尤其是冬天，因为冬天出远门很容易遭遇因风雪导致的航班延期的情况，而附近这一带又太冷。有时方杰会和同事去新罕布什尔的白山滑雪，而我通常不会同去，我对户外运动不那么热衷。那天也许是因为天气异常好，我发现在冬日开车出门也很舒服，我坐在车里、放着爱听的唱片，甚至有一点儿远行的兴奋。

谷歌地图显示开到他哥哥住的那个小镇需要两小时二十分钟，但因为我们聊天时下错了一个高速路口，最后用了差不多两小时四十分钟才到达那里。

小镇就是新英格兰小镇的模样：素净小巧的木板房，刷成白色、蓝色、咖啡色或黑褐色；冬季荒芜的草坪、敞开的空寂院落、安静古朴的木框窗；那么多的树——枫树、橡树、松树，光秃的落叶木和挺拔的常青树掺杂；路边黑色的木头电线杆上扯着凌乱的电线……车开到一条小路的环形尽头，方杰指着左边一栋房子说到了。我看到那是一栋深褐色的房子，一层房外加半层阁楼。在这个地区，这种房子叫科德角式房子。房子前面除了一块草坪、草坪上一棵叶子落光的橡树外，没有其他植物。

我们把车停在通向车库的车道上，从车里下来，走去正门按门铃。就在我们等开门的时候，方杰又匆匆提醒我说他哥哥是一个不大爱说话的人。

开门的是一对看上去五十来岁的夫妻。一眼看到那男的让我有种荒诞的、仿佛穿越时光的感觉，因为他和方杰长得太像了，尤其方方的脸型几乎一模一样，看起来就是一个憔悴的、老了的方杰。他笑着对方杰说：“我算着时间，觉得应该到了。”女的个子不高，短发，穿着一件红蓝条纹相间的圆领绒衫，腰上还系着一条短围裙，站在男人稍后面的地方，满面笑容。她对我说：“你就是小菁吧？哎呀，总是听说，终于见面了！快进来，快进来。”我们往厅里走去的时候，她又说：“饺子包好了，还没有敢下锅，要等你们来了才下锅。”

方杰的嫂子要煮饺子，让我们先在客厅的沙发那儿坐一下。我们坐下来，她很快端来一盘水果，放在沙发前面的茶几上，然后又回去厨房里了。他哥哥陪我们坐着。他的头发看起来有点儿乱，也看不出什么发型，我有点儿怀疑是他在家里理的头发。他问了一下开车过来时路上的情况，方杰说我们下错了一个路口。他很详细地问是哪个路口下错的。而后他提到方杰的老板最近在《细胞》上发表的一篇论文，看来他一直注意着和弟弟相关的东西。他又问起方杰最近的研究项目的进展，方杰说实验不是很顺利，出来的数据不理想。他哥哥问是具体哪一步出问题了，方杰开始解释……总之，他们俩谈得很细。后来，我听到他哥哥叹了口气，说做研究就是这样，经常做着做着发现此路不通、要重新来。

方杰以前对我说过他哥哥一直没有谋到正式教职，在别人的实验室做了多年的研究员。我当时表示这没什么，不是每个有博士学位的人都能当上教授，大多数人就是会一辈子做研究员。但方杰觉得这只说明我是个在事业上没有进取心的人，他说对搞科研的人来说，这种“千年博士后”的状态就是失败。他说他一定要谋到终身教职，到中西部偏僻地方的大学也在所不惜。我偶尔也会想象那种生活前景：和他生活在某个偏僻的中西部小城镇，在那里生儿育女，他会一直攀爬在通往终身教职的路上，我则围着孩子们转，直到我们都老去……这听起来好像没什么精彩的。但在任何人眼里，这都是安定可靠的生活。

他们兄弟俩交谈的时候，我起初还坐在一边专注地听。听着听着，我意识到他哥哥可能觉得这是男人间的交谈，根本没有想让我参与进来的意图。方杰也许觉得有些不好意思，不时看我一眼、冲我笑笑。我注意到在他哥哥面前，他的亲昵也变得谨慎起来。后来，我不那么专注地听了，去看屋子里的摆设：款式笨重的大沙发、上下都打着荷叶边的窗帘、中式花瓶里的假花、墙上的装框风景画……这看起来就是一个中规中矩的中国移民的家，绝不会有任何出格的装饰或是你在家具店里看到的那种设计摩登的家具。只有一个镶嵌在墙里的白木陈列架显得特殊些，因为上面摆放的全是各式各样的玩具车。我一开始以为主人有个收集车辆模型的嗜好，最后想到方杰说过哥哥有两个男孩儿，所以我想这些车应该是两个男孩儿小时候搜集的。

后来，我觉得我总得说句什么话，于是想了一个问题问他哥哥："这里离耶鲁校园大概多远？"

他哥哥愣了下，然后说："开车三十多分钟吧。"他的表情像是没料到我会贸然插嘴。

方杰问我："你想去耶鲁校园看看？"

“不想，我只是随便问问。”我说。

他哥哥说：“如果想去，吃过饭要是不太晚……”

“真的不用去，就是问问，以后有机会。”我说。

“你们开了一上午车，可能也累了。”他说。

他开始和方杰谈家事，提到的都是我不认识的亲戚。过了一会儿，我起身走到架子那儿去看那些玩具车——屋里唯一有点儿趣味的东西。在厨房里忙碌的大嫂注意到了我，她说：“那都是佳佳和哲哲小时候搜集的小车，男孩子都爱玩儿这些。”

“这些小车做得真好。”我说，确实如此。

看了一会儿，我走到厨房里去了。当我问她是否需要帮忙时，她坚持说什么都不用我做，饺子马上就出锅。我看到餐桌上已经摆了几个菜，我想，她肯定是一个人忙了一上午，包饺子、做菜……因为她老公看起来不像一个会下厨的男人。她站在锅边，笑着看我，仿佛同时在仔细打量我。她身上的某种东西让我想到我母亲那一辈人，尽管她比我母亲应该年轻得多。

“真丰盛啊，还做了这么多菜。”我想表示感激。

“你们好不容易来一趟。小杰经常提到你，总算见到了，真漂亮，真好！”她说，同时用那种偷偷打量般的目光看着我。

我注意到她提到我们的名字，都会加一个“小”字表示亲昵，譬如叫我“小菁”，叫方杰“小杰”。

“一定忙了一上午吧？包饺子还要和面、拌馅儿，很花时间的。”我说，看着塑料切菜板上摆着的一排排的、弯月般的水饺。

“麻烦什么？”她一边用木勺子推着锅里浮上来的漂亮饱满的饺子，一边说，“我经常包饺子，方超和孩子们都爱吃。”

我问她：“小孩儿呢？他们都不在家吗？”

她说：“佳佳已经上大学了，他在宾大呢，还没放假。”

我听得出她语气里的自豪，于是说：“宾大是很好的学校啊！佳佳肯定是学霸。”

“都是他爸爸的成绩。我辅导不了他，都是他爸爸辅导的。”她说。

我想，她是个很崇拜老公的女人。

她又说起另一个男孩儿哲哲，说他读的是寄宿私校，反正快要放新年假了，周末就没回来。

“寄宿学校？那很贵的吧？”我问。

她立即察觉出我的疑惑，笑笑说：“私校是很贵，一年要五六万。要交全额的学费我们肯定交不起。不过，年收入在十万以内，学费就可以减半，再申请点儿别的奖学金什么的，一年付两万刀差不多了，我们还负担得起。”

我说：“你们康州的公校教育应该也很好啊。”

她说：“公校也不错，但还是私校更容易进藤校，而且结交的同学也不一样，私校的校友一般家庭更好，孩子有更好的 networking，对将来都有帮助。”

这倒是我从来没有想到过的，尤其“networking”这种词从她嘴里冒出来，让我惊讶这个矮矮胖胖的家庭主妇对孩子的前程规划竟有这样的深思熟虑。

她打开头顶上面的橱柜，从里面拿出几个大盘子，开始动作利索地盛饺子。

她盛好一盘，我就端到餐桌那儿去。我随口提起我和方杰有时也煮饺子吃，但都是买来的速冻饺子。我们会煮很多饺子，就着啤酒喝。我开玩笑地说还有这么一句俗话："饺子就酒，越喝越有。"但她听完有点儿奇怪地看了我一眼，说："你还会喝酒啊？"然后她说他们家没有准备酒，因为没有人喝酒。我赶忙说："不需要酒啊，这么多菜了，还有饺子。我只是随便提到这个。"她宽容地笑了，好像原谅了我犯的什么错误。

吃饭的时候，她一直劝我吃菜，特别是她昨晚就卤好的牛肉和那盘韭菜炒虾。她的热情让我觉得我不该太在意她刚才那种反应，我只要注意别再随便说话就行了。也许喝酒这种事对于有些人来说确实是不容易接受的，就像有的女人不能接受别的女人抽烟一样。

我称赞饺子和菜都好吃。

方杰说："我早给你说过，大嫂的手艺特别好，也特别贤惠。"

大嫂似乎害羞了，说："说不上好，就是还能吃。多吃，多吃啊。"

他哥哥对饭菜没什么评价。他在饭桌上坐得很直，比刚才看起来更严肃些，也更寡言少语。他有点儿像我叔伯辈里的那些男人，他们或许把饭桌上不苟言笑当成一家之主的姿态，但我总感觉那是因为他们并不懂得如何和人交谈。从小没有人告诉他们，这是一种欠缺。

大嫂又对我说："你们爱吃饺子的话你也可以自己包啊，其实一点儿也不难，就是费点儿时间。"

我注意到她说的是"你"，而不是"你们"。

"我不会和面。"我如实奉告。

"这好学。"她说。

"你要不要学？"我笑着问方杰，"好像和面很花力气，男人比较有劲儿。"

方杰笑笑，没说什么。

但过一会儿，我听到他哥哥说："小杰在家里什么活儿都没干过吧。其实我也没干过，我们家的男的都不会干家务。"

我怔了一下。待我反应过来时，我觉得还是最好什么都不要说。

方杰想把话岔开，他说："好吃不过饺子。我们还是北方人的习惯，爱吃面食。"

“可不是？”他大嫂说，温情地瞅了他哥哥一眼，“你哥最喜欢吃手擀面，我经常早上起来给他擀面条。做面食哪有那么难！反正他爱吃什么我就做什么。”

我觉得她最后这句话是对我说的。她似乎在向我展示一个妻子、一个家庭主妇应有的“样子”。

我讽刺地说：“大嫂真贤惠。现在像你这样可以早上起来为老公擀面条的女人真的很少了，感觉我妈她们那一辈的人里面可能会多些。”

“那倒是，时代变了。现在的女孩子连自己吃的饭都不会做。尤其是美国女人，都被宠坏了，看看那些搞女权的，还抽烟呢！”她说，神情里透着一点儿鄙夷、一点儿忧虑。

“我不觉得女人被宠坏了，就算在美国，女性和男性同工不同酬这种问题也还挺严重的，理应得到的平等权利都还没得到，怎么能说被宠坏了呢？”

她大概没有想到我会反驳她，不好意思地笑了，说：“也是，其实我也不懂社会上的事情，就是随便说说。”

她显然是那种为避免争论会顺着别人说话的女人。

我这时注意到方杰的哥哥在看我。他问我:“你是支持民主党的吧？”

我说:“我没有投票权，谈不上支持哪个政党。不过，我支持少数族裔和女性平权。”

“你说的少数族裔是指黑人？”

“我们也是少数族裔啊。”

“那我问你,”大哥似乎突然来了热情，严肃地问,“你觉得黑人都当总统了，他们还没有平等权利吗？”

“如果在国内，一个山区的农家子弟也上了清华、当了官员，你会因此就觉得底层的穷人和上层的富人在教育、就业方面就完全有平等的机会吗？”我问他。

他没回答。

大嫂这时问我:“你不会喜欢黑头儿吧？”

“黑头儿？”我疑惑地问。

“就是奥巴马。”方杰的哥哥说。

“他不错啊。”我说。

“哦，那就是支持民主党嘛！”大哥说，如释重负般地向后靠在椅背上，微微一笑。

我明白了，大哥是那种生活极度安分守己（也可以说死气沉沉）、对政治却抱有特殊热情的男人，这种人在上了年纪的华人男性里并不少。他们通常有个共同特点：看不起女人、厌恶黑人。我不喜欢和人争论政治，但他态度里的武断，尤其是他们夫妇俩那种看似宽容实则倨傲的笑容让我很不舒服，所以我反对说："当然不能这么说。我并不是站在哪个党一边，共和党的麦凯恩和罗姆尼我也觉得挺好的。我会看具体的人和具体的政策。"

"确实要看具体政策，而且各州情况都不一样。美国又不是只选一个总统，地方官员其实更重要。麻省选民挺聪明，选总统和国会议员选民主党，选地方官员很多选共和党。"方杰说，大概算是替我说话。

"在大学里都容易变得比较左一些，尤其是好大学。"他哥哥对他说，仿佛在给予我们一个告诫。

"我们其实不怎么关心政治。"方杰说。

又过了一会儿，大嫂突然停下了筷子，盯着我左手无名指上戴的那枚戒指，惊讶地说："哎呀，这么漂亮的钻戒啊！"

我笑了笑，说：“是方杰送的。”

我看了方杰一眼，发现他的样子竟然有点儿尴尬。我突然意识到，也许方杰并不想让哥嫂知道他买了这么一个贵东西。

“样式真漂亮啊，钻石也这么大。肯定是名牌吧？”他大嫂问。

“是卡地亚的。”我说。

我听到她惊呼了一声。然后转向她丈夫说：“卡地亚我也听说过，那可是贵得很。小杰可真舍得！”

但方杰的哥哥没对她说什么，他只是抬头看了方杰一眼，继续低头吃着饺子，脸上挂着一抹模糊的笑意。

餐桌上笼罩着一股怪异的寂静。

在这之后，大嫂讲起了她和大哥结婚时买过的一枚钻戒。

“那时候你哥也刚刚博士毕业，在做博士后，当时博士后的工资比现在低。我们要结婚，美国这边结婚都流行买钻戒，我跟他说不用花钱买这些。你哥还觉得不好意思，后来，他瞒着我去买了一个。当然，钻石很小，也不是名牌，和你戴的这个没法比。”

大哥这时候放下筷子，看着他妻子。

大嫂继续讲：“我看他竟然去买了一个钻戒，很感激，但更心疼钱啊！买这么个小东西花了差不多一千刀！我叫他去把它退了，我说这种东西虽然好看，但不实用，不应该花这么多钱。”

“钻戒这个东西本来就不是用的，只是种仪式。婚姻嘛，大多数人一生就一次。”我微笑着说，感觉到她试图导向一个什么结论，而这个结论无论如何都对我不利。

她特别温和地看看我，点点头，说下去：“他一开始不愿意退。我们请朋友们聚在一起、在一个中餐馆里办了婚礼仪式后，我对你哥说，这个东西结婚的时候也戴过了，算是已经起了作用。现在真是没有用了，你去把它退了吧。”

我平心静气地听着。

方杰的哥哥像是不好意思地“嘿嘿”笑了一声，插话说：“你嫂子是特别会过日子那种人，从来不乱买东西，也不让我乱买。”

她表情挺郑重地看了他一眼，接着讲钻戒的故事：“他还是不愿去，男人嘛都要面子。我非要他去，因为差两天就到退货期限了。最后，我硬拉着他一起去了那家珠宝店！到了店里，人家什么都没说就把钱全退了。”

她停住了，轻轻叹了一口气。

我有点儿听呆了。我想她是不是真的在戴过那枚戒指、办完结婚仪式后又把它退给珠宝店了，他们后来有没有再把它买回来，或者有没有买了另一枚戒指……我还在等她说点儿什么，但发现她没有再说这件事。过一会儿，她开始讲别的，讲她怎样把从华人超市买来的豆腐做成豆腐干，讲她在后院里种了很多菜，可惜现在是冬天，否则可以让我们带回去一些自家种的新鲜蔬菜……

我看了一眼方杰。不知怎么的，他的脸有点儿红。他对我说：“你不是喜欢吃虾吗？多吃点儿虾吧。”

饭后我们又坐了一会儿就出发回波士顿了，本来就是这么打算的。上路后不久，光线迅速暗下来，直到公路和两边的树林、原野完全笼罩在寒凉的夜色中。冬天的这个时候，四五点钟天就黑透了。

我不时想到那枚戒指的故事，说不清楚它给我一种什么感觉：委屈？狭隘？卑微？令人窒闷的生活？……

终于，我忍不住对方杰说："我不喜欢那件事，把钻戒退回去的事。"

"我也不喜欢，"他说，"我早就说了，和他们会有代沟的。"

"我觉得不是代沟那么简单，他们那一代也有很多人不会这么做吧？我不明白他们为什么那样，生活并没有困难到那个地步啊，把仪式上用过的钻戒退回去……"

"反正我觉得挺奇怪，我还是第一次听说这事儿。"

"哦，你没听过也不奇怪，可能她是看到我的钻戒才想起这件事。"我说。

"嗯，估计是受了点儿刺激。"

"很奇怪你大哥竟然也愿意去退。"我又说。

"他们那个年龄的人肯定比我们省一些。"方杰淡然地说。

"不是省的问题，你的侄儿读的可都是私校。"我说，"你不觉得那是一种生活态度吗？如果完全不在乎，应该不买。买了、戴过了，又退回去……这又不是一个杯子，是一枚婚戒啊。”

“解释不了……但也不要随意评论别人。”方杰说。

“我只是和你说而已，我没有对他们说什么啊。”我有点儿生气了。有时我想推心置腹地和他谈谈我某些深藏的感受或者怪想法，得到的往往是这种反应——告诫我有这种想法不应该或不正确。

“他们只是节省点儿，不是大毛病。”方杰坚持那是一个关于节省的问题。

可我觉得里面包含的东西要多得多。但我没有再争论下去，我说：“你是个大方的人。”

“那当然，我和他们不一样。该花的钱，我肯定会花。”方杰说。

我想到他送我的那枚戒指，我想，那大概属于他所说的“该花的钱”。

“不过，我嫂子是个特别好的人，勤快、贤惠。”过一会儿，方杰说。

“你这样觉得？”我问。

“你不这样觉得？”他似乎很讶异。

“对于男人来说，她肯定是，”我笑着说，“她不是说经常早上起来给你哥哥做手擀面嘛，就因为他爱吃手擀面。”

“对她老公好有什么毛病呢？”方杰问我。

“她讲给我听，是希望我向她学习，也这样伺候你。你难道不明白吗？她在给我暗示做别人老婆的本分。”

方杰没答话。

“我对她提到我们喝酒，你没看到她当时那种表情，好像喝酒的女人都是坏女人。这是什么年代的人呢？”

方杰竟然笑了一声，然后说：“是不是你想多了？”

“我绝对没有。”我说。

沉默了一会儿，我对方杰说：“可以说她好、贤惠、亲切……但我就是没法喜欢她。”

“你也不需要和他们生活在一起。”方杰讪讪地说。

“就是和你说说我的感觉。”

“我哥觉得你挺好。”

“他这么说的？怎么会？他什么时候对你这么说的？”我忍不住笑了。

“在你和他谈政治之前，你去厨房的时候。”方杰也笑了。

我想我不能告诉他我对于他哥哥的印象，那会让他难堪。

之后我们很久都没说话。夜路不好开，方杰在很专注地开车，我不知道他是否也在想着什么。我们的车在黑暗的高速公路上行驶，路上没有灯，只有路当中把两个方向的道路隔开的路障上的某种特殊涂料发出一条条一晃而过的黄光。在这样的路上开车，人多少有点儿凭着直觉和惯性往前走。车里热烘烘的，很干燥，让人昏昏欲睡。有一会儿，我确实闭上了眼。我睁开眼的一刹那，心里突然生出一点儿可怖的感觉：这一片封闭、狭小的空间，这种让人有点儿透不过气的燥热，前头被夜色遮没的、昏昏沉沉的路，似乎就是我们未来的生活之路……

我手指上的钻戒在昏暗中发着银质的光，像一个虚幻的小光环。

我用开玩笑的语气问方杰：“不知道这枚钻戒能不能退。”

虽然看不清楚，但我感觉方杰的脸沉下来。他转过头瞅了我一眼，说：“干吗说这种话？真是个怪人。”

过一会儿，他又说：“当然退不了，早已经过了退货期限。”

半年多后，我还是和方杰分手了。它和我们那次拜访当然没什么关系。其实，我们有很多不一样的地方，有些事是我在让步以便附和他，有时是他用妥协来维持和睦……总有一天你会认识到两个一点儿也不像的人不应该再彼此容忍下去。但我想，我是在那次回程中、在那个暖热得让人窒息的车里感觉到了什么。至少，我知道我还没有准备好进入他为我们俩规划好的那个未来，而他是不会等的。

我买下了那枚退货期已过的钻戒，我并不想让他承受这么大的经济损失。后来，我离开了波士顿，但我和方杰并没有完全断了联系。从他的朋友圈里，我知道他也如愿以偿，在德州大学埃尔帕索分校当了教授，从国内娶了个漂亮贤惠的妻子。他那个校区很偏僻，生活远不如在波士顿时有趣，但他住在很大的房子里，第二个孩子也快要出生了。我想，方杰一定惋惜那些被我浪费的时间，努力要把失去的时间弥补回来。从他的朋友圈里看，他对生活非常满意，也没有像他哥哥担心的那样变左，而是成了特朗普的信徒。我想，他一定知道我没有结婚，因此把我看成生活的失败者。他不知道，让我害怕、退缩的恰恰是他追求的那种生活。

现在，我把那枚钻戒戴在左手的小拇指上。我喜欢那种感觉：它和婚姻没有任何关系，只是一个美丽而无意义的装饰。

2021 年 3 月 16 日

奇遇

奇　遇

火焰已燃尽，洪水消退，戏剧散场。

——戈特弗里德·贝恩

在H城某个读书会为我举办的小型讲座上，我见到了他。那个讲座的听众百分之八十是女性，大概只有五六个男人点缀其中，其中大部分还是陪妻子一起来的。他坐在第一排，孤零零的一个男人，特别显眼。他看起来五十岁上下，穿着一件深蓝色马球衫儿。在读者交流时段，读书会的会长陈女士特地把他介绍给我，说他是这次活动的赞助人，赞助了场地租金和我从 B 城飞到 H 城的机票。

他留下和我们一起吃晚饭。除他之外，在座的其他六位都是女士。她们大概是本地华人社区里的名媛，一个个珠光宝气、脂香粉艳。女士们很热情，一会儿要求加微信，一会儿要求合影。相比起来，那个唯一的男读者有点儿寡言，但我注意到女人们对他都相当尊敬、客气。晚饭后，其他人陆续离开，只有陈女士和他留了下来。这时，我注意到他看了陈女士一眼，陈女士会意地点点头。然后，她对我说汪先生有个小请求，想请我去他家里坐坐，喝点儿什么。我说，我已经酒足饭饱，而且时间也不早了，就不麻烦汪先生了。陈女士说，汪先生真是你的粉丝啊，他一听说是你要来就主动赞助了所有花费，而且，他有点儿事情想和你聊聊。我说餐馆不是还没有关门嘛，这里聊就行，何必再跑去家里打扰。陈女士有点儿为难地看看那位汪先生，汪先生没看她，似乎低着头在想什么。

我有点儿担心他是不是没听到我的推辞，但过一会儿，他抬起头说：“这件事在这儿没法谈。”

“是什么神秘的事儿呢？”我笑着问。

“也不是，”他有点儿腼腆了，“但在外面不好说。要是你愿意到我那儿坐一会儿……没有别人，就我们俩。我讲完会把你送回酒店的。”

我这才意识到他不想让别人听到这件事，包括陈女士。但他直截了当地把她排除在外，强调“就我们俩”，让我有些惊讶，也勾起了我的好奇心。

去他家时，我仍坐了陈女士的车，想趁途中打听一下这个人的底细。而陈女士再三强调的只是他多么有钱又多么低调，在华人社区里声誉多好，从来不像别的富人那样乱搞，她还讲到他请客户去红灯区消费，自己帮人付完钱就走人……我想，她对那个男人的了解并不多。

汪先生的车停在两扇黑色雕花铁门前面，大门已经洞开，隔着一片草坪，我看到一栋白色的、带廊柱和阁楼的房子。陈女士在大门外和我们告别，汪先生说改天再请她吃饭道谢。然后他请我坐到他的车上，车开进院子，沿上坡的车道开到一个三车位的车库前停下来。

他开了门，我们走进空寂、凉爽的大厅。大厅里亮着两三处光色暖黄的夜灯。没有人出现，也没听到有人说话。他打开客厅的顶灯，随后带我走进客厅左侧的一个房间。那房间里有一面墙是书架，窗户的一侧竖立着一个和书架等高的陈列架，陈列着素色花瓶、石头、茶壶等男人气十足的物件，中间是张过于宽大的办公桌。房间说不出是书房还是办公室。

进门右侧有一张沙发，他招呼我在沙发上坐。这时，我听见有人下楼的声音，还以为是他妻子，但随后敲门进来的是个墨西哥中年男人。那男人恭敬地问候他，问有什么需要帮忙的。他让那男人回去睡，说这里什么都不需要。男人道过晚安就离开了。他对我说这个人是他找来打理院子的，平时就住在这里照看一下房子。

“房子要经常有人住，否则隔段时间没人来，屋里就有蜘蛛网，还有股霉味儿。我不喜欢那种不通风的霉味儿。”他说。

“你的家人不住这里？”我诧异地问。

“他们不住这儿。我有时和人谈事情，或是想一个人清净点儿，就来这里住一晚。”他说。

然后他问我喜欢什么酒，说他这里什么酒都有。我说就喝一点儿葡萄酒吧，红白随意。他离开一会儿后拿了瓶打开的红酒和一个酒杯进来，让我请便。我问他他难道不喝吗。他说要是他想喝威士忌我不介意吧。当然不会，我说。他就又去拿了瓶威士忌和一个方形玻璃杯。我们坐在长沙发的两头，喝着不同的酒。这种情景对我来说并不陌生。作为一个小说家，我经常会被陌生人告知他们自己的故事，而且之后他们也不在乎你写不写那些故事、会怎么写。他们仿佛只是把你当成有血有肉的树洞。

“可以开始了。”我对他说，不想浪费时间。

他没有马上答话，反问我酒好不好喝。

“很好喝。”我说。的确是这样。

他这时起身走到书架那儿找出一本书，竟然是我的书。他说他很喜欢我的小说，读了这些小说，直觉我能懂得他想说的……荒唐事。

我说我洗耳恭听。

“你相信激情吗，Passion？”他问我，声音听起来过分严肃。

“当然相信，它肯定存在。”我说。

“我讲的这件事……我觉得它是关于激情的故事。”他说。大概为了掩饰紧张，他说完立即喝了口酒。

有一年，一个中文网站想给我做个专访。一般来说，我不喜欢接受采访，但因为网站的编辑特地托一个朋友打过招呼，我就答应了。他们的女记者打电话和我联系，要我选择采访的地点。我不喜欢请外人到办公室或家里这些私人的地方，就和她约在一个咖啡馆接受采访。那天她竟然来晚了，让我等了将近二十分钟。我本来很窝火，可看到她急匆匆赶来时衣服几乎汗湿透了，我的气就消了一点儿。她把采访问题记在一个本子上，都是些很常规的问题。我回答的时候，她就在本子上飞快地写要点。我扫了一眼她的记录，简直一塌糊涂，恐怕只有她自己看得懂。她看起来有三十来岁，也许因为急着赶路，头发也乱蓬蓬的，汗湿的额发被她生硬地拢到耳朵后面。她给我的第一印象有点儿凌乱，不太在意形象，但眉目还算清秀。采访完，我们随便聊了一会儿，我了解到她硕士毕业后工作过一段时间，现在是自由职业者，给本地几个中文网站做兼职记者、编辑，也帮企业做些文件翻译。她说今天本来用谷歌地图把路线查得好好的，但公交车硬是晚点了将近二十分钟，所以特别抱歉。我说在这个城市没有车，还要跑采访，挺不容易的。我要走的时候她问我帮她买的咖啡多少钱，她要把钱还给我，还从钱包里掏出一张十美金的钞票。我笑笑说我恐怕没有零钱找她，就离开了。两三天后，她把她写好的采访稿发给我过目，我发现那是一篇写得很好的稿子。

后来，我的公司需要招个临时文员，我就想到了那个头发凌乱的跑采访的姑娘。我让秘书联系她面试。然后，我让人力资源部把她发来的简历等资料转给我，了解到她的学历、工作经历，还有年龄——三十二岁。她顺利通过了面试，工作期限是三个月，工作职责是把公司的一些商业文件、信息翻译成中文，并且和中国那边的合作伙伴、供应商联系。她拿到offer时给我发了一封表示感激的电邮，但我没有回复。我当时觉得没有必要回复。

我的办公室和她工作的地方不在同一个楼层，所以我只是偶尔有事去那边时才会看见她，她总是坐在她的小格子间里认真地盯着电脑或翻看什么文件。如果她碰巧看到我，就会冲我笑笑。我直觉她是个干干净净、简简单单的女孩儿。

后来，中国那边的公司过来几个人考察。因为她是之前负责联络的人，我和那些人见面时就会带上她。有一天，我请他们吃早餐，怕她又因为公交车的问题迟到，就开车去她住的地方接她。她住在一个公寓里，我知道那个区不怎么安全。在车上，她告诉我她现在和男朋友一起住，他们有一辆二手车，但男友上学很远，车基本给他用。等这边租约到期后他们打算搬到好一点儿的区去住。我说那样生活会方便很多。

我感觉她在公司人缘不错，因为在餐厅里，我看到过她几次，她都和几个同事在一起，有男有女，说说笑笑。新年假期前，公司照例有个晚宴。那天晚宴结束，我在楼道里遇见她。我说这么晚了坐公交车回去太危险，我可以送她回家，反正顺路。她说不用送了，不想麻烦我。我说那我帮她叫一辆出租车吧。她这时才有点儿不好意思地说她要搭汤尼的车回家，他们刚才已经说好了。我说只要有人送她回去就行。汤尼是她的部门主管，送她回去也合情合理。但这事儿却让我不舒服，因为汤尼是个浪荡子。我走到停车场，坐进车里，开车上路，直到把车开进自己家的院子里，那种不舒服的感觉一直伴随着我。我当时不知道或者不愿承认那是嫉妒。

三个月以后，原来那个去上培训课程的员工返回公司，她就离开了。她离开很久以后，我突然想到应该问问她的近况，就发了短信息给她。她回复说她已经搬到另一个区，他们现在的公寓安全多了，离男友的学校也近，他们换了一辆车……我不明白为什么这些简单的、流水账般的回复给我一种特别温暖的感觉，好像终于联络上了一个老朋友。我问她现在干什么工作。她说还是老样子，做些兼职的零活儿。我说以后公司有什么兼职机会，我会通知她。她说她很感激。

事情本来就应该这样结束了，但我却觉得意犹未尽。我在想怎么才能够把这种联系继续下去。第二天下午，我又给她发了一条信息，说很久不见了，问她要不要找时间一起吃个饭，我刚好也想了解一下她目前的工作情况。发了这条信息，我心里焦灼不安。我想她可能会拒绝，我想到如果她不愿和我一起吃饭那也天经地义，与其说她拒绝的是我，不如说她拒绝的是这一类事情，即和一个不那么熟悉的男人吃饭……可她很快回复了，她说可以。收到这条回复后，我感到一种类似于诡计得逞的激动和快乐。但我也开始感到不安。我想到除了当年和妻子谈恋爱，我从未处心积虑地邀请过一个女人和我单独吃饭。但当年我约现在的妻子出来时，是在很确定她会成为我的女朋友的情况下。并不是我多么自以为了不起，而是我天生就是一个商人的性格，不喜欢在不确定的事情上浪费时间，很多人生的大事譬如恋爱、结婚、生育对我来说都是需要完成的目标，目标完成以后可以更心无旁骛地工作。我的生活规律得很，我不喜欢被任何不确定的、没有收益的东西扰乱，我不喜欢破例……

我找些零碎的工作给她做，这样我就有了一次次请她见面吃饭的机会。吃饭的时候，除了交代几句她要做的工作，我要求她不要谈工作上的事。我对她说，我平常每天十六个小时都在和生意、工作打交道，所以吃饭的时候想放松一下。慢慢地，我们什么都谈，谈各自的生活，谈在国内的父母，谈学生时代……我很惊讶竟和她那么谈得来，她毕竟差不多比我小十岁。她也很坦然，坦然得让我有些羞愧，因为我意识到之前之所以不安，是自己把这样的见面赋予了太多性的意味，当成了男女幽会。而她显然没有这样的不安，这让我的焦虑减轻了不少。我想，就当是两个相互欣赏的朋友小聚吧。随着两个人更熟悉，她的状态从坦然变成松弛，她会揶揄我、批评我，随意地表露她的爱憎，也释放她的欢乐。在我眼里，这些都有一种迷人的成年人的天真。这对我来说是稀有的，因为在我接触的圈子里，没有这样的人，有些人是谄媚你的富有，有些则是想利用你的资源。

几个月下来，我发现我们的见面从最初的两三周一次变成了一周一次，而我仍然不满足。我在计算、等待会面的日期，见到她以后，那些焦虑才能缓解。但紧接着，我又进入下一个循环。我想这危险了！她的坦然和我的故作坦然并没有减弱我心里滋长的那种渴望。因为想念，因为焦灼等待，我的身心都能感到疼痛。虽然我连她的手都没碰到过，但我总觉得有一天我们会在一起，会疯狂做爱。我更狂热地工作，希望自己更唯利是图、锱铢必较，那会让我感觉平衡一些，感到又恢复了往常的自己。

她有时谈到她爱读的书，只要她提到的，我就记下来，从网上购买，再从中国运过来。慢慢地，我自己也开始选择一些书。我并非只是买，我真的会读，而且也喜欢读。最后，阅读几页小说或者一首诗，这成了我结束疲惫万分、充满铜臭气的一天的最好方式，也是我感到自己可以接近她、和她相通的方式。这是一种奇异的感觉，我像是回到了过去。我也曾经是个喜欢文学的青年，至少在中学和大学时，我读过诗、写过散文。工作以后，我自然和这一切疏远了，自己创业后，我就再也不读那些东西了，因为它们对我没有任何帮助，只会让我分心，让我讨厌我正在做的事情。现在，这断了的爱好又衔接上了，还有了新的意义。

有一天，我邀她见面，说要给她上个月的薪水支票。

吃饭时我问她想不想要一份全职工作，薪水要比打零工高得多。但她问也不问职位和薪水，就一口回绝了，说她还是喜欢当自由职业者。吃完饭，我请她陪我喝一杯咖啡。我谈到最近在读的一本诗集。她问我是谁的诗集。我说是葡萄牙女诗人索菲娅·安德雷森的诗集。“哦，还是女诗人。”她欣喜地说，眼里散发出更柔和的光。我说里面有一首诗我特别喜欢。她问我是哪首诗，我说我读的时候刚好把它拍成照片存在手机里了，待会儿发给她。把她送到地铁站以后，我找到一个安静些的地方把车停到路边，把那首诗发给她：

在这个像世界一样脆弱的地方，不敢爱你。
在这个不完美的地方爱你有罪，
一切会把我们粉碎，让我们缄默，
一切会把我们欺罔，让我们分离。

我坐在路边的车里等她的回复等了大概半个小时。这当然很傻，因为我并没有问她什么问题，她也没必要回复。

而她确实没有回复。

我就像着了魔一样，心也变得毫无理由地敏感。譬如，有一次，我在詹姆斯·索特的一本小说集里读到这样的句子：“她还年轻，仍有美貌，虽然那也只是最后的光彩。”我竟然觉得这话是说她的，我感到伤心，还有点儿愤愤不平。还有一次，我读到这样的诗句：“我们如何指望群星为我们燃烧，带着那我们不能回报的激情？如果爱不能相等，让我成为那爱得更多的一个……”我把自己代入，差点儿落泪。但同时，我的商人特性也暴露无遗。当我看到她的衣服有磨损、陈旧的痕迹，我就想给她很多钱，让她像那些太太一样去奢侈品店里挥霍，我觉得没有哪个我认识的太太比她更配得上那些精致的衣服。然后，我对新开发的公寓产生了浓厚兴趣，几乎每个周末都跑去看房。我知道只要她开口，我立即就会给她在市区最好的地段买一套漂亮的公寓。在东边的一个海岛上，有人开发了十几栋滨海的精品别墅，别墅后院配有私家泊船码头。我特地去了那里，当我看到这些美丽的房子，我自然而然地想象她能住进去，想象她怎样布置每个空间角落，怎样在其中生活，然后我也走进去，就像走进自己的家……我忍不住拍了房子的照片发给她看，她看了笑话我天天想着投资房产，说我赚钱没个够。你肯定也觉得这些举动很荒唐可笑，但我毕竟是个商人，我从没有爱过哪个女人，包括我妻子，而除了用钱，我也不知道还能怎么表达我的爱。

不久后，她回上海探亲。当我得知她是一个人回去的，我也立即飞去上海了。坐在飞机上，我感到一种正接近梦想的难以按捺的激动。她看到我非常惊讶，或者说是惊喜，她没有想到我会专程飞过来，只是为了见她。她陪我吃饭，我们常常在法租界安静的街巷里逛来逛去，我还记得那些路名：吴兴路、湖南路、安亭路、瑞金二路……她的眼睛里有一种新的温柔，却不那么坦然了。有一天，我们去了邻近的小镇，夜里没有返回上海。就在那里，也许因为怜惜我，她和我在一起了。接下来是一段我人生中从未有过的疯狂经历。只要她能出来和我碰面，我就会想方设法让她待在酒店里，只待在酒店里。我住的那个商务套间变成了十足的淫窝，我没有餍足地爱抚她身体的每一处，在各种地方和她做爱——床上、双人沙发上、单人沙发上、椅子上，甚至浴室盥洗台上。那种灵魂出窍般的快乐让我明白尽管我已经结婚生子，但我其实没有真正做过爱。每次结合，我都会对她说“我想娶你”，那是从我心底里冒出来，从血里流出来的一句傻话。真的，当你爱一个人爱到那样的程度，也不过是说这么简单的一句话。当我这么说的时候，她总是笑着不回答，或者用她的手指抚在我嘴上，让我不要说下去。

那是我一生中最幸福、充实的时光。我活在疯狂的爱里，又每天都经受欲望、期盼、绝望和嫉妒。那天晚上，我们吃过晚饭走在一条老街上，经过一个房屋中介公司张贴着附近待售房产信息的橱窗。我注意到了一栋米白色的老洋房，木格窗子，有个小小的庭院。我问她喜不喜欢这房子。当然喜欢了，这么漂亮的老房子，她随口说。我可以买给你，我说。她瞪大眼睛看着我，好像不相信。我说我真的可以送给她，只要她喜欢。她说我在说疯话，说她怎么可能接受，她突然有了一套豪宅，她男朋友会怎么想？她说得那么轻松坦然，我的心碎了。我想，我们天天在一起又算什么呢？我是她的什么呢？

回到 H 城以后，我们过去每个星期的见面吃饭变成了酒店里的约会。但她显得越来越为难，不耐烦，好几次她说我们应该就此打住，回到过去那种朋友关系。我说绝对不行，如果她不来，我就去找她。她开始故意对我说些冷酷的话，说她不再享受这种关系，在国内的时候她只是太软弱了。但当我问她，难道我们俩在一起时她的快乐都是假装的吗？难道我觉得她也爱我这是我的错觉？她又不说话了。她否认不了。只要我脱掉她的衣服，她就又变得温顺绵软，又属于我了，尽管做完爱她会哼哼唧唧地自责、责怪我，甚至哭起来。我越来越不能忍受自己所处的卑微、阴暗的地位，好几次我说我这就要去找她男朋友摊牌。她恳求我、威胁我，说如果要告诉他，也应该由她来告诉，要是我敢这样做，就永远别想再见到她。

有一天，她主动约我见面。缠绵以后，她说她男朋友在国内找了个不错的工作，他们不久后就要回国了。这对我来说就像晴天霹雳。我问她具体什么时候走，她说一两个月内吧。我知道回国没那么简单，他们肯定早就在筹备，而她却一直瞒着我。我说，你早就知道，对吧。她那样地看着我，我没法描述那种眼神，有爱有怜悯，也有征服的快感和冷酷。她就那样看了我一会儿说“是”。我就把她按倒在沙发上，骂她贱货，说要操死她。她扬手打了我一巴掌。条件反射似的，我甩回去一巴掌。她惊呆了，我也惊呆了。然后我看到她的泪水哗哗淌下，顺着脸流到脖子里。我被我自己吓住了，我从没想过会对她动手。我慌乱地吻她，吸她流在脸上、脖子上的泪，求她原谅我。

那些日子里，我每天都备受煎熬。虽然她仍会抽出来时间和我见面，但一切已经不一样了。我苦苦哀求她不要跟他回去，求她留下来，和我一起生活，让我来照顾她的一切……但都是徒劳，两个月后，她还是走了。走之前，她给予我的唯一承诺是会找时间接我的电话。

我觉得我被背叛、抛弃了。你想象不出来那种整个人从里面慢慢涣散、破碎的感觉，还有屈辱——我想她大概觉得甩掉了一个包袱。但我又不信。我回想和她在一起的每个细节，我肯定她也是爱我的，尽管不一定只爱我。

她遵守承诺，每隔两三天就找时间偷偷接我的电话。在电话里，除了那些泛泛的询问，我尽说些情话，还说下流话。她不让我说那些赤裸裸的话，说我会越说越难受，是自我折磨。我说要结束我的折磨只有一个办法，就是让我去找她。她很害怕，说我去了她也不能见我。她越来越回避在电话里谈及我俩的过去，她更多地谈及她回国后的生活，甚至讲到她男朋友，她希望我平常地看待这一事实，但我做不到。而这时候，她会冷酷地反问我难道不一直是个已婚男人吗？她什么时候抱怨过、什么时候嫉妒过我和妻子同床？我说，因为你知道我会娶你，只要你愿意，你敢说这话吗？她不答话了。有时，她开玩笑地说要是我因为她离婚，那可是会损失一大笔财产。肯定会，我说，但我一定留够我们俩花的。通常，当她察觉我真的生气或痛苦时，她的口气会软下来，会说些甜蜜的话哄我。但我知道，她打完电话就会回到那个人身边，像一个完好无损的女人。每当想到她和他在一起，我就受不了，觉得自己被当成了一个冒牌儿货。这样的电话恋情持续着，我心里那股愤怒、嫉妒的阴火也越烧越厉害。

有一天，她在电话里告诉我他们打算结婚了。我很久没说话，她还问我怎么了。我不回答。我在哭。我觉得我完全被打败了，一败涂地。我放下一个男人的全部尊严，求她不要结婚，求她回来，我说我会把机票给她买好、房子也给她买好……她听到我在哭，但她似乎反而被吓到了，安慰我几句，就匆匆挂了电话。我恨她，这种恨比以往任何时候都强烈，当然，我还是那么爱她。

过后我们很少打电话了，因为她说她更忙了，我想她在筹备婚礼。但似乎命运突然反转了，一个多月后，她发邮件说让我某个时间给她打电话。那是她那边的深夜，她说她一个人在酒店里。我问她怎么回事儿，她说她一直很矛盾，现在终于考虑好了，她不想结婚，她想回美国，和我在一起。她问我还想娶她吗。当然，当然，我喃喃地说。我想，她终于主动来找我、想完完全全地属于我。为什么是我？我忍不住问。她说，因为她觉得我对她更好更细心，她更信任我。我注意到，她并没有说更爱我。

她回来了，在我给她准备好的房子里住下来——就是这栋房子。我和她一起住了几周，那段时间，我对公司的人和家人说我去外地考察一个项目。然后，我又回家了。白天，我都会抽空过来，和她一起吃过晚饭再待一会儿才回家。但她仍感到不满。有一天，她对我说自从她回来后，我再也没有在做爱的时候说“我要娶你”。我辩解说重要的不是说什么而是做什么。我要把房子改成她的户名，她说既然是我俩的房子就应该放两人的名字。我说现在还不能这么做。她说那就不用换。我知道她坚持拒绝只是为了不让我如愿。有天晚上，她让我留下过夜，我说今天不行。她立即发作了，问我什么时候行，说她觉得我现在是在“包养”她。“你怎么能用这么难听的词？”我火了。她问我该用什么词。我说，如果我想包养女人，尽可以去找比她年轻貌美的，不过是花一点儿钱的事，我根本用不着这么挖空心思地追求她、讨她的欢心。她沉默不语。当我看到眼泪在她眼睛里打转儿时，我竟然感到一种恶毒的快意，或者说是报复的快感。我想，当我求她别跟他回国时，我流过泪；当她在电话里说她要结婚的时候，我也哭过；凭什么她让我受这些苦而我却要立即满足她？

她越来越喜欢在结婚这个问题上向我发难。其实我这边没什么进展，我只是一直在拖延、撒谎。我说我已经打听好律师了，说我去找律师谈过了，说我得把股份和资产重新安排一下……拖延得久了，我甚至觉得我不必离婚。不是说我不爱她了，而是我习惯了这种状态。有次她表现得咄咄逼人，我不耐烦了，说我恐怕得等三年才离得掉婚。她说她不信，她已经看出来了，我并不想离婚。我当时没有否认，只是愠怒地沉默不语，似乎被误解、被侵犯的是我。那种恶毒的快意又在我心里滋生出来。我不知道你信不信，有时候恶意和爱意是从同一个源头流出来的，有时候你的恨是因为你的爱，你的爱也连着你的恨。看到她伤心，我心里那痛苦的怜爱和报复的快感竟然会同样强烈！她对我说："我刚遇到你的时候，你就是个冷漠、自私、乏味的商人。我以为你后来改变了，但我发现人的性格根本不可能改变。人可能会因为某件事某个人短暂地改变，但过后还会像以前一样。"好吧，她看透了我。

那天，当我又来到这里，她已经走了。我追到机场，她的飞机当然早走了。我在那里看了大半天的飞机，好像每一架起飞、飞走的飞机都是她坐的飞机。我长到四十多岁，从没有流过那么多泪。最初的几个星期，我就像行尸走肉。连对我的事从不干涉的妻子也劝我去看心理医生，公司的员工都认为我太累了，得了抑郁症。我很少去上班，把自己关在屋子里喝酒，昏昏沉沉地睡着，又头疼欲裂地醒来。我很多次审视自己的内心，发现我一直活在可怕的嫉妒中，即使她最终选择了我，我也还嫉妒她爱过别人、放弃过我，嫉恨她从未说过更爱我；我发现我也一直在计算，计算谁爱得更多，是我还是她。我觉得我爱得更多，这也让我愤愤不平，像做了亏本儿生意；我知道我为什么一直拖延着，不是因为我多么留恋我的家庭和婚姻，而是因为改变的成本太高……这一切让我把送到面前的幸福推开了。

什么都挽回不了。她再也不接我的电话。再后来，她干脆换了手机号码。我只能给她写电子邮件，我写了很多封，但她几乎不回复。偶尔回复，也是为了刺伤我，譬如说她判断失误，说她从未爱过我，只是被我做的那些蠢事感动……

我起初以为我没法从这打击中恢复过来。但大概两三个月后，我就完全恢复了以往的生活惯例，至少从表面上看是这样。我的时间表还和遇到她之前一样：每天早上，我七点起床，去公司的餐厅吃早餐。我通常一整天都在开会、见各种各样的人，晚上我还会请一些管理人员、客户去吃饭交流。那两三年，我谈下了几个大单，生意比以前做得更好。大家都觉得是因为我的病治好了，但我自己知道那是因为我已心无旁骛，对于其他东西，我死心了。我想，这就是我命定的生活——乏味的、没有爱的、充满事业奋斗和金钱运算的生活，"命定"是因为它才适合我，而爱情、诗歌，那对我来说只是一场奇遇。我想，这就是她所说的意思。

但我一直留着这个房子，有时晚上不回家，就到这里来静一静、看看书。楼上的卧室里还留着她买来的床具，是她喜欢的图案——格子和花朵。有时候，回忆和悔恨还是会涌上心头，但这种情绪化的时候已经越来越少。毕竟，都是将近十年前的事了。

他讲完了他的故事，也喝光了他的第二杯威士忌。

"我现在喝酒比以前凶，"他说，把空杯子放回桌子上，"睡觉前喝一杯，会更容易睡。"

我还在消化他告诉我的故事，希望记住某些细节。过一会儿，我谈到霍桑的《威克菲尔德》，说一个男人有天突然离家出走了，在他家附近的街巷里租了房子，默默住了许多年，而后有一天又突然回家了。我说这个故事当然和他的不一样，威克菲尔德是要逃离原来的生活，而他的故事算是对爱的追求，即便是无望的追求。

他沉默片刻，然后说他读过这小说，很喜欢。他说那个男人显然也是被一种激情控制了，但这个东西总会平息、消散，然后他就回家了，像是什么都没有发生过。

最后我起身告辞，说时间很晚了。他没有挽留我，只是又重复了一遍感激的话。走到客厅时，他突然像是想起什么，让我稍等一下。我看到他去酒柜那儿拿酒，叫他不用客气。他说既然我喜欢这种葡萄酒，请一定带瓶回去喝，因为时间仓促，他没能陪我多喝几杯。我想，他毕竟是个考虑周到的商人。

我们穿过宽阔的门廊，走下房前的台阶。凉风习习，群星在接近午夜的深蓝天幕上发出点点微光。院子里的自动喷头正在灌溉草坪。静谧中，一条条水线在风中摆动、闪烁，细雨般沙沙作响。我想，真是座漂亮的房子，可惜空空荡荡。

这时，我问他们后来还有联系吗。他说他们之间说不上有联系，两三个月发一次邮件，只能说联系还未完全中断。那她后来是否又回到原来的男友身边？他说怎么可能，据他所知，她现在还是一个人。他随后自嘲地说他还给了她一条交友忠告。我问他是什么。“千万别再找个商人，他们会把感情也放到秤上称称斤两，最后吃亏的总是你。我就是这么对她说的。”他说。

2021 年 8 月 29 日

朱迪

朱　迪

朱迪是我交往最深的美国女友，尽管那已经是过去的事了。我有过几个别的美国女友，我也和她们处得不错。我们会偶尔相互拜访，外出聚餐，一起带孩子去某个地方玩儿，我们会聊喜欢的餐馆、烘焙小窍门或孩子的假期安排……那种交往也融洽、温情，但总谈不上是深交。深交的人会谈什么、做什么？我也没有明确定义，但我想，至少要经常和对方谈及自己，譬如谈谈对某些人某些事的真切感受、内心深处的矛盾和疑虑，当然，还有自己的过去。那些你不会对普通朋友提及的事，你或者和深交的朋友谈，或者对陌生人说。就这种意义来说，我和朱迪称得上深交。

我是在一次散步时遇到朱迪的。那时我在波士顿郊区的艾克顿镇租了个两卧室的公寓单元。我儿子东东（英文名叫汤尼）已满三岁，每天上午九点左右，我送他去附近一家托儿中心，他在那儿待到下午五点。那段时间，我心情不错。最初因丈夫出轨、离婚而导致的伤害已经淡化，而涉及实际生活方面，我意识到自己反而轻松多了。我得到一笔按月支付的抚养费，不急着找一份固定工作；我拾起大学时学的绘画专业，在家接一点儿设计书籍插图、商业海报的工作，虽然收入不多不稳定，但我毕竟感到自己在“工作”，这体验对我来说既新鲜又有一种回归感；我需要做的家务活儿比以前少多了，我没有一个大房子需要打扫，再也不用整理院子，不用担心晚餐是否够丰盛、是否对得起那个工作了一天回家的男人；我做什么不再需要和人商量、不用考虑另一个人的感受，而且，我可以随意支配钱了！我打算买什么、怎么使用这些钱，都是我自己做主……自由，就是我那时的感觉。

四月底的一天，我把汤尼送去学校，回来路上把车开去附近的公园。那里沿一个天然湖泊有一条散步、骑车的便道，我打算在那里沿湖散步。因为不是周末，便道上人很少。湖水和路边茂盛的植物都在温暖的天气里散发出浓郁的气息。路边一棵开满粉白色野花的矮灌木吸引了我。它的大花球是由许多纤细的伞状小花簇拥在一起形成的，有种毛茸茸的质感，像柔软的雪球。我凑近去看，并且掏出手机拍了一张照片。这时，一个穿一身紫红色运动衣的女人从我身边慢跑过去，对我微笑了一下。

她向前跑了大约十几米，又转身折回来，问我："你在观察这种花吗？"

她身上透出的活力和热情，让我直觉她是个非常友好的女人。"是的，"我说，"我不知道这种花的名字，不过，它看起来很特别。"

"它叫红根，也叫新泽西茶，"她告诉我说，"它很特别、很美，对不对？而且，它的叶子真的可以做茶叶。关于这个还有段历史，‘新泽西茶’这个名字应该是独立战争时期出现的，当时我们的人都用这种茶代替昂贵的英国茶。”

“真有意思！”我说。

“请继续欣赏。”她笑着说，“今天天气很美。”

“是很美。”我附和道。这里的人喜欢用“美丽”由衷地赞叹一切：鞋子、头发、人、音乐、天气……

她对我说“再见”，然后继续她的慢跑。看来她是注意到我对这种野花有点儿好奇而特地跑回来告诉我这些，这说明她不仅友好、热情，而且敏感。她给我留下了很深的印象。我猜她也住在艾克顿，会经常到这条湖滨小道来。我想如果我们能再次遇见，也许会成为朋友。大约两三个星期后，我在湖边散步时又遇到了她。我们交谈了一会儿，交换了电话号码。我知道她叫朱迪，已婚，住在离这里很近的主干道上……如我所愿，我们成了朋友。

不久后，朱迪第一次来我家。她带了一束鲜花和自己做的巧克力慕斯蛋糕。我泡了茶，准备了些水果，我们边喝茶、吃蛋糕，边聊天。我了解到朱迪也是个自由职业者，偶尔帮食品商家拍产品图片。朱迪知道我离婚了，带着一个三岁多的男孩儿，英文名叫汤尼……朱迪说她喜欢公寓的感觉，很紧凑、温馨，让她回想起大学毕业后一个人住的时候。离开之前，她提出了更具体的计划，说我们应该每周见一次面，像今天这样一起喝下午茶、聊天，对她来说真是太愉快了。

我们后来确实这样做了。每个星期，我们总会找个下午，或者她来我的公寓，或者我去她在主干道上的家。主人准备茶或咖啡，客人带去甜点。朱迪经常会带着自己烤的蛋糕或饼干，而我只能去附近的 Whole Food 超市里买现成的甜点。那栋白木板房子前面有条窄窄的门廊，即使下雨天，我们也可以坐在门廊下面喝茶。我尤其喜欢悬挂在门廊中间的那盏六面玻璃罩的英式吊灯，朱迪说那是她从古董店淘到的。

我们几乎什么都谈。她给我讲她心碎的少女时代，她最爱的父亲在她十二岁时离开了家，搬去和另一个女人住。她不能接受会被父亲“抛弃”。她还有个弟弟，比她小七岁，而她当时感到父亲真正背叛的不是她母亲也不是弟弟，而是她。这正是最不可思议的地方，因为她一直以为他最爱的人是自己。可能因为这个巨大的打击，她没有什么青春叛逆期。她试着让自己忙起来，帮助妈妈照顾年幼的弟弟，假期里去打工……她父亲常回来看他们，但她没法面对他。直到她十六岁的时候，才原谅了父亲，现在他们是朋友。“他和那女人就住在安杜福尔，开车过去四十分钟，我有时会开车去看他们。他和那个女人一直没有结婚。我妈妈还住在沃瑟姆他俩当初一起买的那栋小房子，现在回到那小房子里还是会让我难过，会让我想起那个痛苦的时期。”最后，她会说：“亲爱的，多可怕啊！那种被最爱的人背叛的感觉，我们俩都经历过。”

她说起交往过的男友，其中一个是诗人。他倒不是那种欺骗女人、嗜酒如命的浪荡诗人，更像个多愁善感的孩子。诗人很爱哭，有时候是被什么感动，有时候是为什么人和事悲伤，或者仅仅因为喝了一杯酒无端地伤心起来……她形容他是黑巧克力，sweet and bitter，甜蜜又带着苦味儿。“我总在劝他，最后，我累了，‘不能这样下去’我对自己说，我想，我也是个多愁善感的女人啊，我才应该是哭的那个，而他应该是安慰我的那个……这不对。”她说着，那双涂了烟熏色眼影的大眼睛里像是突然蒙上一层雾。我听说爱笑的女人其实也更爱哭，朱迪就是这样的女人。

我一直觉得朱迪很美，这并非仅仅就她的长相而言。她甚至算不上精致，自来卷的头发相当随意甚至有点儿凌乱地披散着，脸上和手臂的皮肤上也有不少西方女人常有的晒斑，但她的率真、热情以及与之相应的神态的灵动，使她整个人散发出一种类似光与热的东西，这很吸引人，是那种打扮精致但无灵魂的女人所缺乏的。

她自己也觉得自己太爱说话，说我肯定觉得她的性格一点儿也不像波士顿人，因为北方人一般不这么开朗。“天太冷，他们的样子也被冻得僵硬了。当然，最重要的还是基因，想想他们的祖先，最古板的英国人，还是英国人中的清教徒！”她开玩笑地说。她把她的热情归结于自己那一点爱尔兰血统——她祖母是爱尔兰人。“我和乔伊不一样，他是土生土长的马萨诸塞人。你看看他的样子就知道了。”乔伊是她的丈夫。她从来不掩饰对乔伊的爱恋，“我们在一起八年，结婚五年，但他还是那么迷人，我甚至觉得他越来越迷人。他是我见过的最好的男人，有人可能不同意我，我才不在乎。”

我们喝茶的时间是在下午，那是汤尼在学校、乔伊上班的时间。一个周末，朱迪邀请我去她家晚餐，于是我认识了乔伊，他们认识了汤尼。此后，除了我们俩的午后聚会以外，朱迪也会在周末安排聚会，以便乔伊和汤尼也能加入。一开始，我很怕孩子给他们添麻烦，因为没孩子的年轻夫妻一般不习惯有孩子在场的交流。但他们俩看起来非常喜欢汤尼，朱迪打趣说她总算给乔伊找了个合适的玩伴儿。

乔伊个子很高，偏瘦，有一头棕色的、微微卷曲的漂亮头发。和朱迪相比，乔伊显得内向。他说话不多，但他的热情又是可以感觉得到的，这反映在他的神态里、他的眼神里——他始终关注别人，而且满怀善意。他的热情方式和朱迪的方式构成了对比：她是外放的、伸展的，肆意散播她的光芒和热力；而他总像在努力抑制自己的热情，害怕它过分流露会破坏应有的得体。这种有些谦逊的内向似乎体现了他的教养，北方式的教养。当朱迪说话时，乔伊总是温情地注视着她，他听得很专注、很有兴致，好像那些话他还是第一次听到。朱迪喜欢讲他们的恋爱，他们如何在朋友办的派对上相遇（当时他们身边都有别的人），如何默默喜欢对方一年多，终于在某个偶然机会发现原来对方也是第一次就对自己产生了特别的好感……这爱情故事并不新鲜，但动人的爱情故事恰恰都差不多。当朱迪讲到动情的地方，乔伊会摸摸她的头发或者把她搂过去亲一下。他的亲密有种恰到好处的温柔，却不过分，至少不会让旁观者尴尬。我心里暗自感叹：多么美丽的一对夫妇！

我们成了亲近得类似于家人的朋友。在我们的交谈里，只有一个问题我从不去触及，就是他们对于孩子的考虑。我直觉这是个不能触及的禁区，其中也许有难言之隐，也许是别人特别在意的隐私。而朱迪所说的话里，也只有一个说法让我不太舒服。她不止一次地对我说："你一点儿也不像我遇见的别的中国人。"随后她会进一步补充，"不要误解我，中国人真的都很友好，他们会给你介绍中国的好地方、好吃的，以及怎么包饺子……但就是不那么容易深谈，关于自己，他们好像什么都不愿说。你不知道他们在想什么、爱什么、讨厌什么。还有的人住在这里几十年却从不喝咖啡！不要误解我，我当然充分尊重别人的饮食文化，但完全不接受当地的习惯，这总让人感觉有点儿怪。可你不一样。我和乔伊都觉得，你不是我们的外国朋友，而是朋友。”她这么说当然是在夸奖我，但这些话里有些东西让我不太舒服，这至少说明，她对于“中国人”这个群体是有一点儿看法的。我可以说她这种看法是一个刻板的印象，但她所讲的这些自己的观察所得似乎也有真实的成分。我想，也许是我过度敏感了，她在我面前说这些话正是她对我没有欺瞒的表现。

他们经常送给汤尼玩具，而为了让我不觉得亏欠，朱迪会说其实乔伊挑选这些玩具是为了自己也能玩儿，乔伊则会不那么自然地请求我不要剥夺他挑选玩具的乐趣。六月里的一个周末，朱迪让我们下午去家里玩儿，说她做了汤尼喜欢的蓝莓奶酪蛋糕。我们到了以后，乔伊拉着汤尼到后院去看“惊喜”。我们看到在后院的草坪上，有一个蓝色的充气游泳池，已经注满了清水。汤尼最喜欢玩水，兴奋极了，乔伊立即和他玩儿起了水枪射击。我知道那是他们特别为汤尼买的。

由于这个充气游泳池，那个夏天我更经常地去那座白房子做客。有时候我会帮忙准备晚餐，做一道他们喜欢吃的中国菜。朱迪最喜欢的是咕咾肉，而乔伊最喜欢的是炒米粉。这对我来说都是再简单不过的菜。偶尔，我尝试做点儿新菜，但发现他们还是吃这两道菜时最满足。乔伊常常做烧烤，他们后院有个煤气烧烤炉。朱迪会再做一大碗沙拉配烤肉。如果吃烧烤，我们大部分时间就会待在后院。像麻省的大部分人家一样，朱迪家的后院没有用篱笆围起来，它是敞开的，和后面一片树林连起来，只是在院子和树林的交界处摆了一圈石头。朱迪在屋后凉台上种了很多盆香草：薄荷、罗勒、百里香、迷迭香、莳萝……我们经常从那里摘新鲜的香料放在菜里。饭做好，我们就坐在凉台上那张小桌旁一起吃饭。天色渐晚，天空中的晚霞像洇开的水彩：粉橘、淡紫、玫瑰色，慢慢地，这些明亮的色条暗下去，变成墨紫、宝蓝等深色色块。薄暮被夜色所取代，院子后面树林散发的气息一拨拨随风飘过来，朱迪就在凉台上放一盏驱蚊灯……那是我们在一起度过的非常快乐的时光，也许是我曾度过的最愉快的夏天。我后来送给他们一幅我的画，画的是夏日黄昏里他们后院的风景。朱迪和乔伊把它放在壁炉上——客厅里最显著的地方。

有一次，我们在后院一起烧烤。我在切做沙拉用的苹果块，朱迪在旁边给她的自制沙拉酱调味。

这时，她看了一眼乔伊，表情诡秘地对我说："昨晚我们谈到了你。"

"哦，是吗？"我说。

"乔伊认为你很美，他非常喜欢你，在我的朋友里，他觉得你最好。"

"真的？谢谢他。"我说，还是感到有点儿尴尬。

"你知道吗？我和他看法完全一致！他是个诚实的人，他什么都会告诉我。"朱迪热切地说。

"你们俩真是最真诚、可爱的人。"我故作轻松地说。

乔伊这时把一盘烤好的鸡翅端过来放在小桌上，他显然听到了我们的谈论，说："是真的，林，我们都爱你，也爱汤尼。”

乔伊回到烧烤架那边以后，朱迪调皮地压低声音对我说：“乔伊说你美，我一点儿也不妒忌，因为他说我美得惊人。”

“当然，对他来说，你肯定是最美的。”我说。

“Stunning，‘美得惊人’，他用的是这个词。”朱迪强调说。

秋天，我们一起去了白山。这是朱迪和乔伊的主意，他们想让我和汤尼体会到新英格兰秋天的美，而且是和他们一起体会。我们坐在车上，路两边油画般的秋色流过去，朱迪感慨说：“在这样的风景里，怎么能没有爱人？想想看，和你爱的人一起走在这些地方……”我听见乔伊清了清喉咙，开始说别的事。我知道他是在提醒朱迪，他就是这么敏感、细心。但我其实一点儿也没有被朱迪的话伤害，我不希望他有这样的误解，认为我是个容易受伤的人。于是我说朱迪恰恰说出了我的感觉，这就是适合恋爱的人的风景，看着它，人就会想去恋爱。朱迪转过头朝我妩媚地一笑，然后对乔伊说：“我知道林一定会同意我。我们俩太像了！你不是也这么说过？”

乔伊沿着环山的红叶路线慢慢开，到了风景特别动人的地方，我们就把车停到路边，下去走一走。那通常是有湖或溪流的地方，乔伊可以带汤尼做他最喜欢的游戏——朝水里扔小石头。

每年到了这个季节，整个新英格兰都美得不真实。山上的色彩并非都是红的，而是斑驳、分层的，像是暖色系色盘里的颜色一条条涂在山上，然后这过于浓烈、饱满的颜色在画布上流淌，相互晕染、叠加。山峦、林木的影子落入水中，那浓艳的色彩不仅没有溶解，反而变成了一团颤颤燃烧的火焰。汤尼后来在车上睡着了。再停车时，我就让他们去走，我留在车里陪汤尼。过了大约半个小时，我收到了乔伊的短信，他说朱迪的手机在山里完全没有信号，所以他发短信给我，告诉我他们刚才迷路了，但已经找到路，大概二十分钟后就会到停车的地方，最后，他不忘说一声“对不起”。那是我第一次收到乔伊的短信，我们之前一直没有交换过电话号码，所有联系都是通过朱迪。我立即回复说不要着急往回赶，汤尼还在睡。我能想象他们身处多么美的地方——密林深处，火焰般的叶子，他们一定想在森林里多徘徊一会儿，他们会拥抱、亲吻……我不希望他们因为我而扫兴。

他们回来时汤尼也醒了。乔伊说对不起，解释说他们走了一条小岔道，结果找不到路了。朱迪说："亲爱的，我们真的迷路了。你不知道乔伊多着急，他怕你等太久。我说你不会介意的。我希望我们没有让你等太久。"朱迪并不善于掩饰自己，所以，我感觉到她有点儿不悦。"可我一点儿也不急，我给乔伊回信说让你们不要赶时间，我就怕你们急匆匆赶路，玩儿得不尽兴。""听到了？"朱迪把脸转向乔伊说，"就像我对你说的那样。"这句话让我确定他们刚才发生过争执。乔伊笑笑没说什么，开始转过头和刚睡醒的汤尼说话。"你要听哪首歌？"他问。"《黄色潜水艇》。"汤尼说。"啊，'甲壳虫'，你可真有品位。"乔伊说。

旅行回来以后，我又收到过几次乔伊的短信。都是礼节性的问候，譬如"周末快乐""万圣节快乐""拥抱小捣蛋汤尼"，或是问汤尼在干什么、周末会去哪儿玩儿。我的回复也只是回答问题，重复同样的祝福。尽管没有半句越界或暧昧的话，我还是有点儿不安。乔伊是朱迪的丈夫，我们这两个点似乎只应该通过朱迪这个点连起来。

某天下午，在我们的下午茶时间里，朱迪说起一个叫林赛的女人，说她们曾经是好朋友。

“但现在不是了。”她神情严肃地说。

“发生了什么？”

“我发现她一直在给乔伊发短信。”

我愣了一下。

朱迪接着说：“想想看，她是我的朋友，但她给乔伊（而不是我）发短信！乔伊觉得这没什么，他说他们工作的领域相似，而她只是问一些工作上的事……但我清楚这是怎么回事儿，这只是她的借口。我一开始不知道她给乔伊发了那么多短信，我是无意中看到的。”

“的确……她不应该给乔伊发那么多短信。”

“如果她要找乔伊，她总可以通过我。”朱迪说。

“那当然。”我说。

“我知道这是怎么回事儿……乔伊很迷人，他又那么温柔，女人会喜欢他。”

我不知道如何评价，什么都没说。最后我意识到她在等着我说什么，于是我说："她应该知道乔伊对你来说多重要。"

"不，不是'重要'，他是我的全部。你知道我失去过我的父亲，因为另一个女人……我不想让我母亲的事再发生在我身上。"

"我明白。但我觉得你不必担心，你也是乔伊的全部，谁都看得出来。"

朱迪粲然一笑，说："当然，我也是他的全部，我一点儿也不怀疑。"

她走了以后，我想了很久。我不知道她说这些是因为知道了乔伊和我发短信，还是完全出于巧合。她对这件事的反应让我有点儿吃惊，因为我一直以为她对自己的魅力、对她和乔伊感情的稳固是深信不疑的。

天冷了以后，我们不再有那种后院的家庭聚会。乔伊仍然偶尔发来问候短信，我回得更简短客气。但有天下午，乔伊发短信问我几点会从学校接汤尼到家，我回复他说大约五点。他说他六点左右路过时想来看看汤尼，他很想念他，有一样小东西要送给他。我盯着他那条短信看了好久，我想问他是否告诉过朱迪，但又觉得这样太粗鲁，毕竟，他也是我和汤尼的朋友。最后我回复“好的”。

发完短信，我在想我是否应该告诉朱迪。我想到乔伊也许打算回家后或选个他自己觉得合适的时间告诉朱迪，而如果我先告诉朱迪，反而会伤害他们之间的信任……其实这件事里没有什么暧昧，乔伊下班回家途中确实会经过我家，那么他来给孩子送个玩具又有什么不妥呢？最终，我没有告诉朱迪。我把乱七八糟的家里收拾了一下，四点半就去接汤尼。我们到家后不久，大约五点半，我收到乔伊的短信，说他在路上，就快到了。那种不安的感觉更重了，因为我几乎确定他并没有告诉朱迪。朱迪像一个被蒙在鼓里的妻子，而我仿佛和乔伊是同谋。

门铃响了，汤尼知道是乔伊叔叔，跳起来去开门。乔伊手里拿着一套儿童网球拍和一盒网球，仍然是那副谦逊而又稍有点儿紧张的样子，眼睛里满是温柔的笑意。我还没有说什么，汤尼就拉着他的手把他拉进屋里。然后他对汤尼说，是时候学一种体育运动了，乔伊叔叔打算教你打网球。他给汤尼演示怎么使用网球拍，又拆开盒子拿出一枚网球，让汤尼感受网球的弹跳力。汤尼这时要求乔伊和他扔球，我赶忙对他说："乔伊叔叔还要赶回家，下次再一起玩儿。"但乔伊说："我不赶时间，今天下班早。"他问我他是否可以带汤尼去公寓院子里玩一会儿。我说可以，但最好玩一小会儿就回来，因为他还得回家。乔伊笑了，说："你为什么这么担心呢？我说过我不赶时间。"

他们带着网球拍出去了，我心里仍在反复衡量是否该告诉朱迪。后来，我告诉自己：汤尼才是乔伊来访的理由。这样想着，我感觉好了一点儿，感到我并不是因为自己的原因而向朱迪隐瞒乔伊来访这件事。而乔伊也确实从不在我一个人在家时来访。他后来又来过两次或是三次，来之前都会提前发短信，等汤尼放学了才来。他总是带着给汤尼的礼物，再陪汤尼到公寓院子里玩上半小时左右，有时踢足球，有时教他网球，甚至计划第二年春天教汤尼骑自行车。

有时候，我把晚餐要吃的菜弄进炖锅里，就去院子里看他们玩儿。他俩玩儿得很疯，我感到汤尼和乔伊在一起时的快乐是我远远不能给予的，也是他和他严厉的父亲在一起时不能体会到的。大人们和孩子玩儿，很多时候是出于责任，并不真心喜欢。乔伊玩起来却十分投入，那正是汤尼觉得快乐的原因。乔伊从没有说他到这里来是否告诉了朱迪，而我始终没有勇气问他，因为我觉得这种询问是对他的冒犯。我甚至说服自己，这么做不仅是为了汤尼，也是为了朱迪。我虽然从来没有问过他们关于孩子的问题，但从这段时间的相处里，我知道乔伊非常喜欢孩子，而他们没有孩子……

那段时间里，朱迪和我仍然每周或至少两周见一次。圣诞节前几天，下了入冬以来的第一场雪。周末，朱迪打电话说她和乔伊都想汤尼了，乔伊想带汤尼滑雪，约我们在伯灵顿的西蒙斯公园见面。西蒙斯公园里有个小丘，斜坡平缓干净，是很多小孩儿玩儿滑雪板的地方。见面以后，我一直担心汤尼会说什么，但小孩子玩儿起来似乎就把其他时候的事忘了，或许他根本不觉得乔伊叔叔到家里陪他玩儿是什么值得说的秘密。我不知道乔伊是否也有同样的担忧，大部分时间，他都在带着汤尼滑雪。我和朱迪站在斜坡上聊天。山坡的顶端被松林围在中间，风吹过松林，能听到一块块雪从树上滑落。天空湛蓝，空气就像新雪般清冷、明澈。我们看着他俩一次次滑下去、滑雪板打转儿、他俩大喊大叫或是故意摔下来歪倒在雪地上。

“看看他们，看看乔伊！我的天，他玩儿得多开心！你们好久不见了吧？乔伊真的很想汤尼。一下雪，他就告诉我应该带汤尼去滑雪。”朱迪说。

我没有回答朱迪的问题，我说：“乔伊……还有你，你们对汤尼太好了。”

“你是我们最好的朋友，我们当然爱汤尼。”朱迪转过头看着我愉快地说。

但这快乐游戏的场面、这些令人感动的话并不使人轻松。我想到我隐瞒着她的那件事，而且不得不隐瞒下去……它就像心里的一根刺。

如果不是发生了后来那件事，我不知道这个秘密会以怎样的方式被揭开。二月的一场暴雪之后，我早晨醒来，发现公寓里断电了，这才意识到我没有做任何应急准备。因为公寓里取暖、烧水、做饭全都用电，我有点儿慌了。

就是在这种惊慌失措的情况下，我犯了一个错误。我给乔伊而不是朱迪发了一条短信，问他这一带停电会停多久。乔伊很快回信说应该是大风吹倒了树或电线杆，工作人员会很快抢修的，几个小时或最多一天就好了。他问我家里什么情况。我如实告诉他：没电了，屋子里倒还温暖，短时间不会凉下来，只是不能烧水煮饭。

问了乔伊以后，我不那么惊慌了，我想既然半天或一天就能修好，总能从冰箱里找点儿冷食顶过去。我从没想到乔伊会来，直到四五十分钟后收到他的短信，说他在路上，大约十五分钟后到。外面还在下雪，大片的湿雪被风吹得在空中飞旋，像一幅猛地翻卷起来的、雪花织就的帘幕。这样的风雪天，乔伊不应该出门。我开始后悔给他发了那条短信。为什么我非得问他呢？我可以问我的邻居，可以致电公寓管理处……但现在不可能阻止他过来，他已经在路上了。

我看着乔伊沿着停车场通向公寓楼的小道走过来。公寓雇的扫雪工人早上清理过人行道，但现在走道上又积了一层雪，乔伊的靴子在上面印下了一串清晰的脚印。在他按门铃之前，我已经开了门。

他看起来吃了一惊，我说：“我看到你过来了。”

他关切地问：“你们还好吧？”

“很好。”我说。

他没有立即进门，在门口跺着靴子上的雪，然后拍打身上和头发上的雪。我注意到他的头发湿了，手里提着Home Depot的袋子。

“你去Home Depot了？”我问。

“是的，我去买了小卡式炉，至少可以烧开水、做饭。我知道你们习惯喝热水。”

“天啊……下这么大的雪。”我说。

他脱了靴子和外套，这才像以往见面时那样礼节性地、很轻地拥抱了我一下。汤尼原来坐在沙发上盖着一条毯子看书，这时已经跑过来，乔伊把他抱起来、高举了两下，又把他抱回到沙发上去，给他裹好毯子，说：“你知道熊在下雪天干什么吗？躲在他的雪毯子下面睡觉。”

他提的大袋子里有一个卡式炉、两个丁烷气瓶子，还有手电筒、电池、蜡烛和打火机。乔伊问我要了剪刀，开始拆炉子的外包装，他说他要帮我把炉子装好，这样我立即就能用了。为了避免汤尼过来纠缠乔伊，我给汤尼打开iPad让他看动画片。

我转回来，乔伊已经开始装丁烷气炉。

“你开车去Home Depot要多久？”我问。

他抬头冲我笑了下，说：“半个多小时。”

“这种天气你不应该开那么远。冰箱里有东西吃，也许下午就来电了。”

“如果不来呢？”他轻轻反问一句，低着头继续摆弄炉子。

“那么明天也会来。”我说。

“这些东西以后总会用得着。”他说。

“乔伊，当我给你发短信，我并不是要让……”

“我明白，我当然明白。”他打断我说，“你没有要求我做任何事，是我担心你们。想想看，如果晚上还没有来电，你连手电筒都没有，屋里又黑又冷，汤尼会很害怕，也许会生病。”

我没有说出什么感谢的话，因为眼睛突然湿了。我想到这个时候来帮助我们的是乔伊，而不是孩子的爸爸，他甚至没有打个电话。趁着乔伊正在研究怎么把丁烷气瓶的瓶口和炉灶匣子里的接口连起来，我把拆下来的包装材料收拾起来，扔进厨房的垃圾桶。我回来时，听见他的手机在振动。

“你的手机响了。”我提醒他。

他对我说：“没事儿，一条短信。我先把炉子装好。”

“如果下午晚些时候还不来电，你和汤尼就到我家去，朱迪也会这么要求。”停一会儿，乔伊说。

“你出来时告诉她了吗？”我趁机问他。

“没有，”他说，“她容易担心。没有必要让她担心。”

“但你总得说你为什么离开。”

“哦，我说我去超市买些电池。”

这一点儿也没有打消我的忧虑。我想，朱迪肯定会更担心，因为去超市不至于这么久。但我想乔伊大概有他自己的解释吧，我不应该干涉他的事。

乔伊把炉子装好，轻松地拍拍手，说：“试试看，要不要先烧点儿开水？”

我找了个煮面用的小锅，在炉子上烧水。然后我看到乔伊在给手电筒装上电池。我想，朱迪没错，乔伊是男人中的珍宝，他会去想你需要什么，然后默默地把一切帮你做好。而这就是危险所在。那些轻浮、吝于付出的男人，你会轻易将他们拒之门外，但乔伊这种男人，你不愿意怀疑他，甚至也不可能拒绝他。

我听到他的手机又振动了。乔伊把手机拿出来看了一眼，又放了回去。

我知道乔伊现在最好立刻回家，但他做了这么多，我不想连杯茶也不招待他。我对乔伊说没有电，不能煮咖啡，但我有速溶奶茶，问他要不要尝尝中国人爱喝的奶茶。我以为他会拒绝，但他说他想试试。我就用刚烧开的水给他泡了杯奶茶。

“需要泡三分钟，”我红着脸对他说，“你急着走吗？”

“我可以等。”他好脾气地说。

他坐在餐桌那儿等待的时候，拿出手机回复了一条短信。我觉得安心了一些。

我们喝茶的时候，我的手机突然响了。我吓了一跳，几乎立即预感到那是谁的电话。我看了眼乔伊，乔伊也在看我，放下了手里的茶杯。

我犹豫了几秒钟，按了接听键，听见朱迪问："亲爱的，乔伊在你那儿吗？"

我看着乔伊，他示意我把电话给他。

朱迪在说什么我听不到，但我看到乔伊的脸色变了，听到他极力压低声音说："对不起，听着，但我只是不想让你担心……"

我不能再坐下去。于是我走到厨房里，假装收拾些东西。

过一会儿，我听到乔伊叫我。我又走回餐桌那儿。"对不起，朱迪想和你说话。"他仍然维持着平静，礼貌地对我说。

我接过手机。朱迪在电话里说："亲爱的，我知道我这样说乔伊会发火，我不想告诉他我已经在你门外了。你能给我开门吗？"

"当然……当然……所以，你在门口？我这就来。"我说，心跳得快要迸出胸膛了。

乔伊已经明白了，他站起来：“我这就走。对不起，她误会了，她今天像是疯了……我会对她解释。”

“不，乔伊，朱迪在外面，我得让她进来。”

“老天，我不想在这儿和她争执。”乔伊痛苦地说。

“不会那么糟，不会的。”我故作平静，试图安慰他，或是安慰自己。但我其实对将要发生的事没有任何主意。

我硬着头皮去给朱迪开门。朱迪进来后对我礼貌性地笑一下，叫了汤尼一声“宝贝”，就往餐桌边走过来——乔伊坐在那儿，一动不动。他的神情里混合着难堪、困惑、恼怒，脸因极力克制而微微扭曲。我从未见过他这个样子。

“啊，你们在喝茶？”朱迪的眼睛盯住乔伊面前的茶杯，假装兴奋地喊着，“为什么不叫我一起来？”

“天气这么糟……”我虚弱不堪地说。

“天气这么糟，乔伊却非要出门。你知道吗亲爱的？他说他去超市买电池，啊哈，真是去超市的好天气。”

“乔伊来给我们送了一个卡式炉，因为没有电了，你知道没有电我这里什么都瘫痪了。他跑去了 Home Depot……他只是不想让你担心。”我说。

“没有电？我知道这多难，一个母亲，带着幼小的孩子，风雪天……”

“让我来解释……”乔伊这时说。

但朱迪仿佛没有听见他，继续对着我说：“但你却没有给我发短信。如果你给我发短信，我不会只给你送一个炉子，我会立即让乔伊来接你们，让你们到我家里去，我家里什么都有，有暖气，有电，还有能干的男人。”

“够了，朱迪！”乔伊这时站起来说。

“够了?！在我进来之前你一直在骗我，你说你的车出了一点儿状况，你正在解决。但我猜到你在哪儿了。我猜得真准，是不是，乔伊？”

“我不知道你在想什么，朱迪，但你的猜测都是错的。你真让我惊讶，你会跑过来……”

“惊讶我会发现你撒谎？”朱迪盯着他，眼里燃烧着怒火。

“对不起……但这不是乔伊的错，是我发短信问他停电的事，他担心我们才过来。”我说。

朱迪转向我，我看到她眼睛里燃烧的怒火瞬间变得冰冷，甚至含着一丝蔑视：“所以你给他发了短信？所以你们俩一直在给对方发短信？我想我早猜到了。”

我像是一个木然的、哑口无言的罪犯。我感到我从来没有这么难堪过。

乔伊说：“即使林不给我发短信，我也会主动问她的情况，我不能让汤尼……”

“汤尼？你到现在还拿汤尼当借口！”朱迪说。

“借口？你不知道你在说什么！这不公平，朱迪，林是你最好的朋友，汤尼就像我们的孩子……”

“哦，是的，是的，我一直这么想的……可看看现在发生了什么？这样的天气，你非要出门，我在为你担心，而你对我撒谎，你在她这里……”朱迪说着，突然拿手掩住脸，开始啜泣。

我想说点儿什么，但喉咙哽住了。我感到受了冤屈、侮辱，可朱迪显然受的伤害更深，这似乎都因为我的愚蠢。我忍住想哭的冲动，我知道一哭就是崩溃和失控。这时，我看到乔伊过去拉住朱迪的手臂说：“亲爱的，平静下来。我们回家，我会给你解释清楚。”

“放开我！”朱迪喊起来。

“嘘，孩子在这里。”乔伊始终极力压低的声音有点儿发抖。

朱迪不再说什么，她推开乔伊的手，走到玄关那儿穿靴子（她一直没有脱掉羽绒服）。乔伊跟过去，开始穿外套和靴子。即便是这样的时候，他还是对我说了声“对不起”，也没有忘记和汤尼说再见。汤尼这时问乔伊：“为什么？你要走了？你还没有和我玩儿呢。”乔伊挤出一丝笑容——苦涩的、带着歉意的笑。“今天雪太大，不能出去玩儿，我们下次约。”他说。而朱迪始终没有回头，我想她还在哭。

从窗户里，我看见乔伊和朱迪走在风雪里，雪落在他们头发上、衣服上。我发现他俩连背影、走路的姿势都很像，尽管乔伊高大得多。他们像是还在说着什么，一度停住了，乔伊做了个摊开双手的姿势，朱迪猛地摇头、转过身，而后他们又往前走，走去他们各自停车的地方。过一会儿，朱迪的车在前面，乔伊的车在后面，开出了停车场。

我一直让汤尼看动画片，直到 iPad 的存电用光了。

中午，我用乔伊送来的炉子给汤尼煮了牛奶麦片粥，我自己什么也没吃。一下午，我都在想着怎么给朱迪发短信解释。我写了无数条短信的开头和中间，又全部删除了。我发现这一切是无法解释的。那天下午四点多时来电了，家里的一切都恢复了正常：屋子慢慢温暖回来，房间、厅里都亮着灯，冰箱发出工作时轻微的“嗡嗡”振动，咖啡机上温着煮好的咖啡……但我知道有些东西再也无法修复。

夜里躺在床上，我一直在想事情是怎么发展到了无可辩解的程度，只是因为那些问候性的短信、那些不掺杂任何男女私情意味的拜访？什么事都没有发生。没有一句暧昧过界的话，没有任何哪怕是无意的肢体亲昵。但在朱迪眼里，我已经确定无疑是那个背叛了她、引诱了乔伊的女人。我感到我是一个被屈枉的罪人。我试着找我自己的“罪过”，我可以被她指摘的地方，但我最后发现，除了没向她“汇报”乔伊发来的那些短信，没有告诉她乔伊曾带汤尼出去玩儿过两三次之外，我想不到还有别的什么。我现在更觉得我这样做没有不妥，这种事本来就应该由乔伊告诉她。如果我明知乔伊没有告诉她，我却告诉她，我就是在“出卖”乔伊，而且是最低劣的告密：告诉你的女友“你丈夫刚刚给我发短信说‘周末愉快’”……

但在过后的日子里，当我反复思量、试着往更深处想时，我发现朱迪的猜疑并非没有道理。如果乔伊继续他的拜访，那么总有一天，我们极有可能跨过友情、道德设置的边界。我不是说乔伊会离开朱迪，这种事可能永远不会发生，但那道边界并不牢靠，尤其对于两个相互喜欢又有机会走得太近的人。我何必否认呢，在朱迪来找乔伊的那个大雪天之前，我梦到过乔伊，不止一次。有时，我想到一个假设：假设我和乔伊在另一个城市遇见了，而朱迪不在那里，也没有任何认识我们的人在那里，也就是说，背叛朱迪不会有任何暴露的风险，那么我们会不会背叛朱迪？我知道乔伊，忠于家庭，品格和教养好得出奇的男人，但这不过意味着他的自制力比他人更强大，而不意味着他没有渴望。这样的渴望，无论被重重顾虑埋藏得多好，它终究会像猛虎般伺机跳出来……所以，我理解了朱迪的怨恨，想到那天上午的难堪对我们来说也许是好事，避免了往后的一片狼藉。

我和朱迪当然再也没有见面。那件事过去一段时间后，我们曾给对方发过几条表达歉意的短信。短信稀稀落落，直到完全终止。一年多后，因为汤尼上公立小学，我们搬去了一个更好些的学区。在前夫的帮助下，我买了一栋小房子，房子也有前廊和屋后的木头凉台。有时我遇到一些事情、某个困难的选择，我还会想到朱迪。我知道如果我们还是朋友的话，这些事我都会对她说，询问她的意见。

四五年里，我都没有见过朱迪，直到前年临近感恩节的一天，我去伯灵顿购物中心买东西，在二楼至三楼的扶手电梯上，我看到旁边那条下降扶梯上的、提着购物袋的朱迪。她瘦了不少，明显老了些，但身姿仍然很挺拔。我们差不多同时看见了对方，瞬间就认出了对方。她从上面下来、离我越来越近，直到我们处在一条水平线上。我想我的嘴唇下意识地动了动，她的嘴则张成了 O 形，仿佛在发出无声的惊呼。但她的扶手梯又往下去了，我的扶手梯继续往上，我们都不可能停下来，更不可能往相反的方向跑回去。有两次，我们转过头，看着对方笑，傻傻地招手。

终于，我到达三楼电梯的顶端，而她站在二楼电梯的尾端。我们犹豫了一会儿，我想当时我们在想着同样的问题：是自己过去，还是站这里等对方过来？哪种方式会更好、更自然？……但最后，我们只是朝对方笑笑、更用力挥了挥手，几乎同时转身离开了。就像她过去说的，我们俩实在太像了。

而自从那个大雪天以后，我就再也没有见过乔伊。他的样子大概也变了一些、老了一些。我想起过去那个可笑的假设：如果有一天我和乔伊在别的城市里遇见了，而朱迪不在那里，没有任何人认识我们……最后我们大概会发现，那些渴望都已经熄灭了。人生就是这么荒唐，这么令人心碎。

2021 年 8 月

玫瑰，玫瑰

1

当我开车行驶在车辆稀疏的缅因州高速公路上、任由风景在车窗两边流过时，我仍有些茫然，在想自己为何要赴这么一个约。缅因州当然很美，梭罗曾把它形容为人间天堂。沿途尽是松林、明珠般的湖泊，以及遍布大西洋礁石海滩的粗砺壮美的海岸线……可这美丽对我来说未免太过静谧、空旷了。

我和她已经多年没有联系过。但自从微信产生后，无论是你想见还是不想见的人，早晚会通过那个盘错交织的网被连起来。于是，我收到了她的邀约。经由她的描述，我得知她先生在以美景著称的缅因州某地买了座面海的小山，他们在山上建了一座大房子。她邀我去看望她（尽管她邮件里用的是“我们”这个词），并且列出了她自以为能吸引一个写作者的所有东西：白色的面海的房子，私人的山林、海滩，散步时遇到的驼鹿，无人打扰的安静……它们呈现在我脑海里，就像那些平板俗套、毫无才气的风景画。在这想象中，引起我兴趣的不是景物，而是在那景物中索居的两个人。

我和她是同一年考进大学的。在新生欢迎会上，我们互认了老乡。我们来自同一个省份，但住的城市其实距离相当远，一个在该省的北边，一个在最南边。交往不久，我曾写过文绉绉的信给她，信里引用那句词：“我住长江头，君住长江尾……”从地理上来说，这倒是真实的描述。她那时很漂亮，从脸庞到身体都洋溢着美好的温柔，使人想去亲近她。她有个和自己形象很契合的名字：秀钰。这种女孩儿总会很忙，何况她心灵也柔软。她忙着推辞这个、安抚那个。那么多的盛情，那么多的信件，那么多需要劝导的、受了挫折和伤害的年轻男人的心灵……可惜我只是这场热闹游戏的悻悻的观望者。很快，大家得知她和一个大三的男生固定了交往。那个男生也不是等闲之辈，他成绩好，是学生会干部，因为长相英俊还是众多女生心目中的“校草”。没什么悬念，校花和校草在一起了。毕业后不久，她随着这个男人出国了。而这个“校草”，就是如今发奋买下了一座山头的男主人。

除了因同乡关系的往来，我俩并没有什么深交，可与她有关的一个情景却始终留在我记忆里。它发生在我们俩坐同一趟列车回家的那个寒假。那时候火车真慢，我要坐十二个小时，她要坐十六个小时。大部分时间，我们被蒸汽机的噪声、频繁来往的食品小推车和污浊的气味包围在其中。火车在黑暗中行驶了很久，后来，车厢里灯光暗了，周围安静下来，鼾声、气息声像阵阵微风。不知道什么时候，她把头靠在我肩膀上睡着了，她的头发蹭着我的下巴，她那个柔软的脑袋让我内里产生了剧烈的震动。一开始，我的身体紧绷，但慢慢地，我让自己放松下来，单纯地享受着这样的接触，甚至也假装闭上眼睛，头歪过去，很轻地触碰着她的头。这让我心醉神迷，让我深受感动甚至有点儿莫名的悲伤。我想，这样都偏过头、头碰着头，就是“一对儿”的最温柔的含义。早上她醒来，这温柔的游戏也就结束了。如今，就像是这个游戏的回音，我开车行驶在陌生的公路上，往她住的地方去。

途经一个滨海小镇，我在路边小店吃了个龙虾卷，又驱车在小镇上稍微逛了一会儿。这个小镇幽静、安恬，却一点儿也不显得荒凉。从高冈上的公园，还可以俯瞰狭长的海湾。阴天，海水由近处的蓝铺展成远处的灰色，泛着淡淡的银光，和天空、因映照着波光而微微发亮的长条的阴云融为一体。海湾里泊满了鲜艳的私人小艇、帆船，白色的桅杆丛立……此地风光的确令人心旷神怡，尤其在阴天的光线里，风景里少了那层浮躁的强光，多了一点儿阴郁的色调，这使它显得更美。我想起她发来的照片里那栋白色的大屋，一栋高大气派但样式古板的房子，孤零零地屹立在松杉秀拔的山坡上。带着一种职业性的刻薄，我不禁猜测，她邀我前往是想向我展示她优越的生活、她的幸福满足吗？我这么想也许不怎么厚道，但我突然想到，我到她的家里去，大概就是要看看一切是否真的符合她的描述，我是怀着一个观察者、检验者的热情而来，这也许就是我此行的目的。

我向东又开了三十多英里，按照谷歌地图的指引，我的车转上一处山道。山下稀稀疏疏有两三户人家。而后，道路变窄了，我减慢车速，注意到在某个转弯处竖立着一个标志牌，注明“Private Road”（私人道路）。我猜想我已经进入她家的“领地”。山里的天阴得更重，高处白雾成云、层层叠叠。湿绿的冷杉顶端变成了墨色，和一条条雾霭交织起来，如水墨画。车又转过一个大弯到了山的另一侧，林中突然出现了一大片开阔地，一览无余的大西洋海景在我面前像画卷般打开。我想，这就是她每天看到的风景——仅属于两个人的风景。

2

我最先注意到的是那些花。对我这个植物盲而言，这些花看起来全都是玫瑰花，只是色彩各异。花儿密密匝匝地围绕着这个两层半的带阁楼的白房子，使模样平板的房子有了些生气。

车转上车道后，我看见一个女人站在前面的门廊上。接着，另一个人从房子里走出来，两人一前一后走下玫瑰花簇拥的、房前的台阶。下车后从近处看到他俩，给我的震动更强烈，以至于我难以自然流畅地说些久别重逢的寒暄。刚才门廊上的两个身影只是给我黯淡、迟缓的印象，从近处看，这两个人则显老得厉害。他们是我见过的所有同龄朋友里变化最惊人的。这不仅仅是指诸如发肤、皱纹那样表面的东西，而是难以形容的、从一个人全身各处散发出来的东西，一股暮气？一种全面的溃败、衰退？如果男人还只是一副普通早衰模样，她则简直变成了一个衰老、邋遢的美国村妇。她过耳的齐短发看不出任何精心修剪的痕迹，黑发里夹杂着过多的白发，变成了难看的、死气沉沉的灰发，和她身上那件陈旧的深灰色抓绒夹克倒是很相称。有些美国女人整天在园子里摆弄泥土、修枝剪叶，穿着宽松肥大的旧衣服和样式笨拙的鞋子，那不足为怪。但她是在接待一位客人，一个很多年没有见面、目睹过她盛年时候美丽的人！

我跟着这对瘦削的夫妇走向他们的大屋。男主人这时有点儿迟疑地问:“没有带老婆孩子一起过来玩儿？”我说:“我没有孩子，也没有结婚。”心里有点儿纳闷她竟然没有转告他我的情况。他听了样子略显尴尬。经过那些玫瑰花，我发现它们主要有四种颜色：深红、粉红、肉粉、白。我称赞花开得很好，男主人回应说，这些院子里的花都是老婆亲手培育的。“培育这些花需要花很多工夫吧？”我没话找话地说。“也不用，玫瑰花生命力很强，耐旱。到了冬天，把枝儿都剪短就行了。第二年春天，又会发很多。”她利落地说。我发觉她的声音也变了。

穿过那条放着一套藤编沙发和一张玻璃小桌的狭长的门廊，我们走进屋。对于我这个在波士顿住惯了小公寓的人来说，起居室大得惊人，而且，由于一整面面海的玻璃墙仿佛把室外浩渺的山海景观也吸纳进来，空间就显得更加开阔。我不禁赞叹了一番，说这是我在家居设计杂志上看到的那种样板豪宅。男主人谦虚地笑着，说缅因州的房价和波士顿无法比，这里买个靠山面海的豪宅，并不算太贵。

我们最后在那套红木中式沙发上坐下来，沙发靠垫上是红色刺绣图案。我已经发现，这房子外观虽然是美式的，里面的家具却都是中式的。男主人说，他的家具都是从中国用集装箱运过来的。“这里找不到满意的家具，样式我都看不上。”他说。“如果是中式的家具，那当然是中国做的好。”我附和他说。她劝我吃两个高脚果盘里的东西，一盘盛着水果，另一盘里是坚果。餐盘是半透明的淡金色，仿佛琉璃，盘底和高脚上都雕刻着花枝图案。放在旁边的餐巾纸盒也很特别，外面包着一层宝蓝色锦缎，四边还缀着白色珍珠。

“这些小东西也是国内运来的？”我问。

“对，都是一块儿运来的。还有这屋里挂的字画、屏风……专门定了一个集装箱。”他说。

“窗帘也是国内订好运过来的。”她似乎提醒我注意她的窗帘。

我有点儿应接不暇，先抬头去看身后墙壁上那些画——传统的梅兰竹菊四页屏，另一面墙上挂着两幅书法。我想，以他们的财力，也许这都是些名家墨宝。他所说的屏风隔在我们所在的起居室和餐厅之间，大概有两三米长、一米半高。屏风上绣着一团团硕大的牡丹，他们说都是老苏绣师傅手工绣的。拢在两边的窗帘我倒看不出有什么特别，也许是真丝……但这些东西和琉璃果盘、缀着珍珠的餐巾纸盒一样，总给我一种怪异的感觉。

过一会儿，因为要喝茶，我们从沙发那儿挪去餐厅。餐厅在那面玻璃墙的一角，刚好俯瞰他们那片私人海滩。八座椅的长餐桌上铺着一块蓝印花桌布，她拿出一套紫砂茶具泡茶。他们说，这把壶出自某制壶大师的手。我装作很感兴趣，但心里已经有点儿厌烦他们对这些物件的认真介绍。如果不是外面传来海浪拍击的声音，浩渺的大西洋风光就在眼前，人可能产生错觉，以为自己是在某个展示中国工艺品的商店。桌布、屏风、托盘、茶具……我突然发现了那股怪异感觉的由来，因为这屋里的一切和它所处的地方、和我途经的缅因风光如此不协调！仿佛他俩在这片风景奇伟、浩瀚的土地上为自己建立了一个东方式的空中楼阁。

但最古怪的还不是这些器具和装饰品，而是那些无处不在的干玫瑰花！我注意到，在入门玄关处的小桌上、在我们刚才坐的沙发前面的红木茶几上、在悬挂的电视机下面的矮柜上、在我们此刻坐着的餐桌上，都有一大瓶干玫瑰花作为装饰。除此之外，茶桌和茶几上还另有一盘干玫瑰花瓣。我实在无法按捺自己的好奇心，问她为什么外面那么多新鲜的玫瑰花却要用干花做装饰。她说："我喜欢干花，干花更持久啊。"然后，她提到如何制作这些干花。她说，把正盛开的玫瑰花剪下来，用绳子扎起来，倒挂在廊下风干。风干之后，它变成干花，花瓣却不会散……"一定要用正盛开的花，不能用快开败的花。"她对我说。我发现她的态度里有股强硬、自信，这是过去的她所没有的。但和她现在的模样联系起来，这自信令我不解。

晚上，当我一个人早早地躺在堆满可厌的真丝床具（这床具显然也是跨洋运过来的）的床上，我已经后悔到这里来了。我的感觉不能说是失望，那是一种比失望更强烈的情绪。我不知道接下来怎么度过我答应他们在这里住的“一周左右的时间”。左边床头柜上放着一个青铜盘子，盘子里盛着她制作的干花瓣。我让自己靠大床的右侧睡，以免在睡意昏沉中打翻了她的盘子和花瓣。

3

他们遵循很健康的作息表，夜里九点准时休息。第二天早上，当我听到敲门声、拿起我的手机查看时，发现时间刚过了七点半。我想，他们大概六点就起床了。我赶紧洗漱，匆匆跑下楼，解释说我昨天夜里看书看晚了。

非常健康的早餐，八宝粥、豆浆、煎蛋、烫青菜……没有咖啡。但我早上习惯喝一杯咖啡，否则整个白天都容易困倦。我只好厚着脸皮问女主人要，她皱着眉头说喝咖啡会上瘾，对我的身体一点儿好处都没有，如果我非要喝，她也可以给我冲一杯。我看着她打开橱柜、拿出一罐速溶咖啡粉。在这个坐拥私人山林的缅因豪宅里，他们甚至没有一个简易咖啡机。

好像这一切还不够乏味似的，早饭后，他们带我开车下山，说要去附近一个镇，那里有个华人活动中心。在车上坐了大约四十分钟后，他们脸上带着神秘兮兮的微笑，把我领进一个四壁粉白、地上铺着老式地板革的可疑的大屋子里。有一张长桌贴墙放着，还有一二十把折起来的折叠椅，整齐地码成两排，放在桌子前面。陆续有十来个中老年人进到屋子里。屋子原本相当大，容纳五十个人也行，但这些人走来走去，相互寒暄，声音嘈杂，空间立即显得拥挤起来。谜底揭晓：这是个华人聚在一起练太极拳的健身场所。我被以“作家”的身份介绍给拳友们。于是，不时有个好心人上来给我热情讲解太极的原理、中医完胜西医的神奇，以及他们自己在打拳过程中的领悟……我留意着她，发现她在这群老朋友中间显得和蔼了不少，竟然时不时冲我笑一下。我想，昨天她那种生硬的态度或许是由于陌生感。她上身仍穿着昨天那件深灰色抓绒夹克，下面换了一条深蓝色运动裤。这身衣服倒是很适合练太极拳。音乐响起，在高山流水般的丝竹之声里，大家开始打拳。她让我站到她旁边，跟着她学，说我学会以后每天早晚打一套，对我这种久坐不动的人尤其好……就当时的情况看，我一个人站在旁边观看似乎更加尴尬，于是，我只能跟着他们一起比画那些慢动作。真是荒诞的一幕！

过后，我们和其他三四个拳友一起在镇上吃午饭，听他们分享养生经验以及附近的华社风闻。看起来他们是老朋友，不仅一起练太极拳，还属于同一个华人教会。我发现男主人虽然看起来很谦和，但在这群人中，他似乎自然地具有某种权威性。谈话中，我得知男主人的生意是售卖一种用 Bloodworm 制造的鱼饵。“血虫是什么？”我好奇地问，这个名字听起来实在有点儿诡异。他们很奇怪我竟然连血虫都不知道，说钓鱼的人都知道，它的样子像蚯蚓，粉红色，缅因海边泥滩里很多，是上好的鱼饵。“过去很多，搬开一块石头，或者随便一个小沙坑里，都能拉出条血虫，但现在少了，因为挖的人也多了，我们的采购成本高了不少。”他说。我在脑海里想象着他这个奇特的生意——捕捉粉红色的、像蚯蚓一样的海边虫子，制成鱼饵……不知道为什么，我想到她制作的那些玫瑰干花，二者之间仿佛有某种奇特的联系。在我沉默的片刻，他仿佛察觉到我的好奇心，说："我哪天可以带你去我的厂里看看。厂在巴斯，开车过去两个多小时，我一般一周去一次，有其他人管理。"

"不是他一个人的厂，他有个合作伙伴。"她这时补充说。

"不用为了我特别安排。"我赶忙说。

"这不需要什么特别的安排啊。"她说。

吃过午饭，我们又去超市买了些食物，然后开车回家。我仿佛已经度过了漫长、疲惫的一天，但时间其实不过才下午四点。我的沮丧比昨天夜里更强烈，以至于我自责自己来此地确实有一点儿不那么单纯的动机，那就是对过去的她的一丝眷恋。在我之前的想象里，即使她到了这样的年纪，身上还是会保留着一点儿年轻时代的影子，或者至少有种中年女性的柔和风韵。将老的人总是对过去似乎发生过而并未发生的事格外怀恋，对"旧人"如今怎样格外好奇，就像要在日落前借着最后一点儿光线找回什么……当然，我绝不是抱着不良动机而来，如果确实如我的想象，我和他们一起生活的几天也会很愉快怡人。正因为这不单纯的动机完全落空，我才会如此懊丧。那么，就当是咎由自取吧。

车子开进山里，竟有种日色昏沉的感觉，也许是因为两边高大、茂密的森林遮挡了光。除了笔直、挺拔的冷杉，林中还错杂地生长着一些白桦树，树叶已露出即将变色的迹象，光洁的树干在冷绿的杉林里构成一条条闪烁而过的银白线条。也许再过半个月的时间，这些桦树的树叶就会变成金黄。如所有新英格兰地区的森林一样，地上铺着一层厚厚的、浅棕色的松针，深褐色的松塔散布其间。在这个地区，最美丽的就是树。

“看光线好像天很快就要黑了。”我说，想打破车里惹人困倦的沉默。

“这里天黑得早一些，”她淡然地说，“这里夜长，冬天也很长。”

开车的丈夫微微笑了一下，说：“所以，在这里有的是时间休养生息。”他大概是抱着幽默的意图说出这句莫名其妙的话。

在屋里坐了一会儿之后，我告诉他们想去廊下看会儿书。我坐在房子门廊下面的躺椅上，等着暮色降临在这居所周围。门廊下是她种的玫瑰花。当你安静坐着、不说话的时候，你更敏感，更容易闻到花儿的阵阵香气，仿佛它们在你周围轻微地呼吸。门廊对面的山林其实很美，尤其当斜照在那些高大松杉树梢的光线慢慢变换着颜色、角度时，它如今看起来的确像梭罗所说的天堂般的地方。我想，若非不得不住在那个布置古怪的房子里、配合这对夫妻僧侣般的生活习惯，在这里住着倒是一件幸事。虽然我不是旅游爱好者，但我喜欢在林中散步，喜爱脚踩在厚厚的松针上那种温暖而微妙的触觉，在这样的森林中总会有很多小溪流，细得像根透明的带子，在厚积的落叶下面幽咽，无始无终。我喜欢风景处于居所的周围，或者说，人生活在朴素的风景之中。寻奇探险，这不是我的兴趣。因此，在去了美国很多地方以后，我发现自己仍然最喜欢新英格兰。我感觉我小时候看到的明信片上的风景（画面都是起伏的绿野上的木屋、林中雪景、落满秋叶的大道……）就是这一带的风景，因此它们给我一种熟悉的、归家般的感觉。我此刻想起其中一张：薄暮的光线斜照进覆盖着白雪的松林中。我在它背面写了些自以为诗情画意的短句，送给了一个朋友。在我中学的时候，我们还有写日记、写信、过年赠送贺卡的习惯……

我走进屋里。他斜靠在沙发上、在梅兰竹菊下面稳稳当当地看杂志。她在厨房，我问她要杯速溶咖啡。

“这个时候？”她惊讶地看着我，“你不怕睡不着吗？”

“我不会。”我说。

“你一天到底要喝几杯咖啡？”她又问，一边拿电热水壶给我烧开水。

“至少三杯。”我如实回答。

“喝这东西一点儿也不好。你应该多喝汤多喝粥啊，代替咖啡。”她善意地责备我。

我笑了笑，不明白汤和粥怎么能代替咖啡，但与其辩解，不如耐心等待。

她舀了两勺咖啡粉到我的杯子里。过了一会儿，滚水冲进杯子，一股香味立即散发出来，即便是速溶咖啡的香味，也让我感到满足。

我回到门廊下去喝我的咖啡。玫瑰的芬芳在傍晚冷冽的空气里变得凝重。松林的光线由玫瑰色变成了辉煌的金红色。就在我慢慢喝完一杯咖啡的时间里，天空涂满一抹抹的深蓝、墨紫，林中布满了阴影，周围的景物慢慢隐入幽暗。台阶下面那些白日里摇曳生姿的玫瑰此时静默地伫立在昏暗中，仿佛具有了一点儿人性、一种更神秘的令人伤感的风姿。就在我失神的一刹那，光“哗”地亮起来，刺眼、令人着恼。我错愕地坐直身子，看见她从门里探出头，告诉我说外面光线太暗不能看书，所以她帮我把门廊下面的灯打开了。

“哦，我已经不看书了。”我说。

“是吗？今天晚上我们吃炖牛肉，快好了。”她说完闪进屋里。

晚餐时，他们开了一瓶很好的红酒。我们谈起往事，大学里的闹剧、共同认识的几个人……似乎终于打破了最初的生疏感，进入较为融洽的谈话状态。但就在我的兴致被激发出来，并且暗自希望感染他俩做一次敞开心扉的长谈时，她却开始查看时间。她不时看挂在墙上的钟，过会儿又瞟一眼手机上的时间。时间仿佛给了她强烈的心理暗示，很快，她就显得焦躁、困倦不堪，还用手捂住嘴打了两次哈欠。兴奋、回忆和酒精刚刚为她的容貌涂上的光泽顷刻间暗淡下来，她看起来老态毕露。在她身上，能被称为能量、活力、光彩的那些东西似乎全都消失无踪。我非常困惑，究竟是什么让一个美丽的女人变成这样？是什么无形中榨干了她温热的汁液？如果我之前到这里来的动机里还夹杂着那么一点儿不纯洁的东西，那么现在我对她的好奇心就仅仅基于这个困惑！挂钟指针一走到九点，她立即站起身，说应该睡觉了。而那个看起来对她言听计从的丈夫也随着起身，说明天再聊。

4

接下来的两三天，我基本遵照她严格的作息表行事。但我也婉告他们我有熬夜看书的习惯，无法像他们那么早起床。她于是不再敲房门叫我起床吃早餐。我大约九点下楼，带着一点儿羞愧的神色，在餐桌一角坐下，吃她留给我的早餐。从那里望去是几百米之下的、寥无人迹的海滩。她虽然不赞同我的习惯，但听到我下楼，她就会烧好开水，以便我能冲杯速溶咖啡。我想，我正渐渐融入这种生活节奏，只要他们不大管我、不带我去什么乏味的地方。他们似乎也渐渐理解我不需要过多关照，所以尽量由着我一个人活动——在院子周围散散步、坐在门廊下面看书、到房子二楼的晾台上去……

有天上午十点多的时候，我说想一个人到林子里散会儿步。我指的是房子对面的、隔着路的那片树林。

“树林里有熊吗？”我问他。

“没有熊。你要是往里面走一些，可能碰到鹿、狐狸或野火鸡什么的。对了，还有小土狼，不过土狼不用怕，看到人就跑了。”

“你经常去林子里吗？”我问他。

“有时候去看看，但也不常去。”他说。

他又问：“你打猎吗？如果你想打猎也可以，我有不同款猎枪，你可以去车库选一杆。林子里倒是不少动物可猎。”

“我不打猎。”我说，有点儿惊讶，看不出他会是个对打猎感兴趣的人。

“没打过？”他问。

“没打过，也不喜欢打。猎杀作为一种运动，我还是难以接受。”我说。

他咧嘴笑笑，像是对一个外行的宽容。

“我去走走。”我打算离开。

“我还是陪你一块儿去吧，要是秀钰知道让你一个人去，她会怪我的。”

“其实没关系，我不会走远的，就随便走走。”

但他已经穿上了外套。

“走吧。”他说。

后来我发现，和他一起散步也不是件坏事，他熟悉那些林中小径，而且，他并不怎么说话，默默地行走，目光温和地打量四周，留意着和我的步速保持接近，如果我问什么，他就给予解释。而当天下午，当她带领我沿着屋后的陡峭小径下去海滩时，就是另一番情景了。她一副直奔目标的样子，她的速度无形中催促着我。如果我不幸落后了一段距离（毕竟我对那些又湿又滑的小径不怎么熟悉），她就在前面站定，以一种不怎么温柔的眼光盯着我。直到我们终于下到海滩里，我才松了口气。

那是典型的北大西洋礁石海滩，有一点儿粗沙，但主要是石块儿。被海浪冲上岸的大片海藻缠绕在石滩里，犹如墨绿色的头发，散发出强烈的腥味儿。这里的景色、气息都自然而粗犷，让人联想到年代久远的航海画、航海故事。她在靠近海边的一块高高的石头上坐下来，看起来有种凛然的气质。我发现，她和我单独在一起的时候，比我们和其他人在一起时显得更冷漠、严肃。她既不像解释他们的物件一样给我介绍周围风景，也不像教我打太极拳那样温和、耐心。她看起来甚至不愿和我说话。几天下来，我已经习惯了她不修边幅的模样，而就在这个时候，我看着坐在礁石上默然远眺的她，一个新发现击中了我。我发现她的生硬、严厉，有股负气的、扭曲的老处女般的怪味儿，似乎她决意收起温柔、保持距离、以一副冰冷带刺的盔甲保护自己不受男人的伤害。但这……又怎么可能呢?

“你经常到这里来吗？”我问她。

她转过头看看我，好像很奇怪我竟在这个时候开口聊天。

“不常来。”她简短地回答。

“这海滩很天然，我喜欢这种海滩。”我说，想把交谈进行下去。

“是吗？我以为这里的什么你都不喜欢呢。”她很不客气地说。

“你怎么会这样想？”我问。

她没有直接回答我的问题，而是反问：“你不觉得这里的生活枯燥乏味吗？让你天天待在这儿，你不会觉得闷吗？”

“如果长期住在这儿，也许确实会觉得闷。但我现在发现自己越来越喜欢这里，空气这么好，还有周围的环境、声音……”

“什么声音？”

“就是从早到晚那种徐徐不断的声音，我有时分不清楚那是海浪还是风吹松林的声音。”

她瞥了我一眼，说：“哦，真浪漫，我现在才觉得你是个作家。”

“你现在很会讽刺人，和你过去的样子完全不同。”我说，意识到这是这些天来我第一次提到“你过去的样子”。

“当然不一样啦，人怎么可能不变？”她说。

“我指的不只是年龄的变化。”

她沉默不语。

停一会儿，我问她：“我可以坐得离你近一点儿吗？”

她惊愕地瞅了我一眼，又迅速把头转向一边。“随便你坐哪儿。”她低声说，脸竟然红了。

我知道她误会了我的意思，但她这副模样使我更认定了刚才那个发现，也更加困惑不解。我解释说：“近一点儿方便说话，海浪的声音太大，听不清。”

她勉强笑了一下。

当我在一块离她较近的石头上坐下来时，我们又陷入沉默。我在心里琢磨着怎样解开那些疑问，而她大概确实没什么话要对我说。

这时，她突然开口说：“你要是觉得这里住得还行就多住几天……你往后随时都可以来住，但冬天这里太冷，出不了门，你肯定觉得无聊。其他时候你都可以来。这里写作、看书都很安静。你放心，我们不会打扰你。”

我不明白她怎么会突然发出一个热情邀请，但看起来她是诚心诚意的。以她的古怪，她不会也不屑于说什么客套话。

“谢谢你。”我说。

“晚上我们有个聚餐，你也一起去吧……不过，你要是不想去，也可以不去。”她以选择题的方式发出另一个邀请。

我答应一起去。

下午晚些时候，我和他们一起赴那个约会。在车上，他们告诉我这是三个家庭的常规晚餐聚会，这周轮到在一个女教友家举办。“我觉得你对这种活动不会感兴趣。”男主人说。我还没有回答，听到她说：“不一定非要感兴趣，就当去吃顿饭。”“当然了，去也挺好。”男主人说，“我只不过是担心他去了觉得没意思、不舒服。”“不会的，”我说，

“我就当个观众。”

那也是个阔气的人家，晚餐桌上既有缅因龙虾又有鲍鱼，陈列着毫无用处的三种酒杯，蓝色的餐巾上套着银质的餐巾扣……我第一次看到他们在晚餐前虔诚祷告（我们在家吃晚餐时他们俩并不祷告）。晚餐后，他们围成一个紧凑的小圈子做分享。

他们俩倒不怎么打扰我，我希望其他人也不要注意到我这个局外人的存在。但作为善良、热心的教徒，看到了“新人”，总会时不时关注，给予一点儿暗示和规劝。那几个人一再表示对我的选择的理解，但你其实能感觉到，他们实际上把你看作迷途不知返的羔羊，或者说是白痴。他们只需要用一个至高无上的存在，就可以解释所有艰深复杂的问题，而我信仰的东西在他们看来都荒唐得不堪一击……作为主人的女教友显然是这群人中的“领袖人物”，他们叫她“刘姐”。刘姐衣着艳丽，妆化得很浓，只是有些俗气。在我看来，她更像个成功的传销人士：嗓门洪亮，巧舌如簧，言谈举止自带一种励志调调的煽动性。

我过去和华人教会的人也曾有过接触，所以并不觉得意外，我明白最明智的态度是不接受但也不去争论。有时你和好人们在一起也未必能有什么有趣的交流，但这不失为一个很好的观察机会，尤其是对她的观察。她好像无形中卸下了自己冷漠、傲慢的盔甲，暴露出自己脆弱善感的一面，像一只羔羊，全然拜服于上帝及其代理人的脚下。这些天来第一次，我看到了她的情绪！她的情绪比任何人都强烈，别人只是有点儿感动，她有时则忍不住落泪。而在她落泪的时候，她那个一向谦和、稳妥的丈夫显出紧张的样子，他紧握住她的手臂，急促而小声地劝说她。

我们坐上车很久，她被感染起来的激烈情绪仿佛才平缓下来。她沉默地看着窗外，他则非常专注地开车，一语不发。我们像是沉浸在各自的冥想里。我越发感到困惑不解，但可以确定的是，他们的生活并非看起来那么简单、和谐。

夜里，我躺在床上毫无睡意。我打算再喝杯咖啡，然后彻夜看书。楼梯中间那盏玉兰形状的夜灯开着，发出暗淡的、奶黄色的光。在灯光变得更暗的楼梯尽头，我不得不停一下，让自己适应厅里的黑暗。在重重暗影里，这个厅显得比以往更大、更阴沉，像一片沉睡的荒漠。我摸到厨房里打开灯，用电水壶烧上开水。从厨房中间的操作台看过去，在光线微弱的楼梯左侧有一条小走廊，通向他们的卧室。那卧室想必也和这房子一样大而无当……我最初只是把他们当成一对枯燥乏味、以展示物件和富有为乐的夫妇，但这几天里，我不时从这里、那里得到一点儿难以解释的发现，仿佛晦暗不明的微光，证明我最初的印象是肤浅的。最后，这些发现的微光连成了一个小小的火炬，让我觉得凭借它我可以走过某条幽暗的通道、发现藏在这个深宅里的秘密。可是，话说回来，我为什么要窥探别人的秘密呢？我为什么在揣测、猜疑那扇门后面可能发生的事？我察觉到一种危险：我仿佛跳进了他们这个与世隔绝的、华丽而诡异的笼子，在这里，生活如此缓慢，时间如此漫长，连我自己也在变得怪异，变得毫无必要地敏感，睡眠比以前更糟……我想最好是尽快离开。

在我盯着通向主人夫妇卧室的走道、陷入沉思时，如同幻象一般，她从房间里走出来，睡衣外面披着一件宽大的白色毛衫儿。

“你把我吓了一跳！你没睡？”我真的被吓了一跳。

“我睡不着，头脑里很满很满。”她怔怔地看着我说。

“是我把你吵醒了吗？我就是……下来烧点儿水。”

“不是，不是，和你没关系。我躺在床上睡不着，很难受。”她摆着手，背靠洗手台站住。

水已经烧开了，我犹豫着是否还冲咖啡。

让我意外的是，她说：“你要冲咖啡吧？给我也冲一杯。”

我告诫她说咖啡只会让她更加睡不着，但她执意要喝，说：“反正无论如何都睡不着。”

我们在餐桌旁坐下来。我曾向她描绘的那种“徐徐不断”的海浪或是林涛听起来比以往更宏大、起伏，冲好的两杯咖啡向上迂回地冒着薄薄的烟。她手扶住头，完全是一个被失眠折磨得痛苦无助的人。那件宽大的白色毛衫儿让她显得更加枯槁、单薄，仿佛一触即碎。如果最初她模样的变化只是让我感到震惊、失望，现在我却为她感到痛苦。那一大束作为装饰的干花，此时正把花瓣和短刺的细碎阴影投映在蓝色的桌布上。我觉得这是个适合告别的时机。

“我打算后天下午走。”我对她说。

她抬头惊愕地望着我，脸上甚至浮现出一丝苦恼的神情:“这么快就走？为什么？”

“我也住了五六天了，打扰你们挺久了，回去还有一些东西要写。”

“你可以在这儿写啊，你不是带着你的电脑来的吗？”她说。

“有的事儿需要……”

她急促地打断我说:“你要是没有急于处理的事儿，为什么不多住几天呢？再住两三天也行啊。”

我没再说什么。我觉得现在的她并不清醒，并没有从晚上分享会后那种强烈的情绪里挣脱出来，所以她才会半夜跑出房间，才会要咖啡喝……我们喝咖啡时，我不经意抬起头，发现她正盯着我看。她神情有点儿异常，焦躁、忧虑、紧张？我说不清楚那是怎样一种表情。后来，我猜到她大概是有话要说但又在极力控制自己。就在我考虑怎样使她放松一点儿时，主卧室的门又一次开了，男主人穿着睡衣快步走过来，一下子打开餐桌上悬挂的吊灯。我这才意识到我们只开着厨房的灯、坐在半昏暗里，这似乎有点儿不妥。

“我醒来发现你不见了。”男主人忧心忡忡地看着她说。

她看看他，嘴角牵动了一下，算是一丝笑意。

“她睡不着，也可能是我在下面烧水什么的把她吵醒了。”我说。

但他就像没听见我的话，又对她说：“你也喝咖啡？要知道这样就更睡不好！”

我发现我被置于一个尴尬的境地，几乎成了教唆犯。

“你要不要也喝一杯？”我开玩笑地问他。

他似乎这时才意识到我的存在，转过头对我礼貌地说：“不用了，谢谢！”

我们俩仿佛默然地进行了一场“交接”任务，我道过“晚安”，把她留给那位神色凝重的丈夫，一个人上楼了。

5

第二天早上，我在睡意蒙眬中听到一声脆裂的巨响。我清醒过来，意识到那是一声枪响，但响声不在近处，而是从相当远的地方传来。很快，我又听到第二、第三声枪响，判断枪声是从对面林子里传来的。起初，这声音令我惊骇得无法动弹，简直毛骨悚然，然后我突然想起来，男主人说过他有打猎的爱好。我又在床上躺了好一会儿，再也没有听到枪声。

我从房子里走出去时，看见男主人坐在车库前擦他的猎枪。那是一把褐色枪托的双管猎枪。我并没有看见周围有什么猎物或血迹。

“一大早去打猎了？”我问他。

“好久没打了，随便打两枪。状态不太好，没猎到什么东西。”他抬起头看着我，微笑着说，说完又低下头继续擦他的枪。他把枪托支在地上，开始擦那两根平行的枪管，枪管乌黑发亮，枪口向上。他皱着眉头，擦得专注而娴熟，这时候的他看起来不像个和善的教徒，更像个冷静的猎人。

她在院子另一侧侍弄她的玫瑰花，手上戴着园丁手套，拿着一把很大的剪枝刀。我猜想她在做一批新的干花。她站在花丛边缘招呼我，昨晚的情绪爆发仿佛净化了她，她看起来平静、温柔，像个老姑娘。

我拿了本书去林子里散步，但没有像往常走那么久，因为那层松针铺就的地毯有点儿湿，也许凌晨下过一场小雨。此外，我有点儿心神不宁，书也读不进去。我感到这个地方的气氛越来越令人窒息，我必须尽快离开。我想在动身之前查看一下这几天的邮件，于是早早结束散步回去。我在院子和屋子里都没有碰到他俩。我想，他们大概外出了。

因为没有人在家，我就关上房门，在房间里写邮件。过一会儿，我听见有人走进厅里。我本来打算打开房门、和他们打声招呼，但我随即意识到他俩在争吵。我听不清楚争吵的内容，但从声调和频率上我感到那是一场相当激烈的争执。我担心现在出现可能会让他们尴尬，又担心不出现会被误解为偷听……就在我犹豫不决的时候，我听见前门猛地关上了。接着，我听到压抑、低沉的哭声，明白她还在客厅里。我一厢情愿地希望她会随后跟出去，然后我再找个合适的时机下楼。可我又听见她“噔噔”奔上楼来的声音，她的脚步声就在我房门外停留了一刹那。我的心“突突”直跳，因为门并没有反锁，她拧一下把手就能打开门，就能发现我这个“窃听者”。但她又更快地奔下楼梯。她“嘤嘤”的低泣突然爆发成放声痛哭，再次让我丧失了出现的勇气。我困窘不安地坐在房间里。她的哭声渐渐缓下去，变成了断续的呜咽。终于，我听见她进了卧室。

我又听了一会儿，确定她仍在房间里，这才悄无声息地打开门、下楼、穿过大厅。然后我声音很大地打开大门、在厅里四处走动、清洗茶杯、倒水，装作刚从外面回来。而她一直没有出现。后来，我出去走到门廊下。明亮的阳光照着空荡荡的院子，修剪整齐的草坪已经露出枯萎、休眠的迹象。在紧靠台阶右侧的那根廊柱上，倒挂着她早晨刚剪下来的两束玫瑰花。深红色的、天鹅绒质地的花苞紧紧簇拥着朝下，剪短了刺的茎被绳子牢牢捆绑。很快，强光、风会带走这些花新鲜的水分，完成她所谓的精心制作。

一辆陌生的白色奔驰越野车开进院子，在离房子很近的车道边停下来。出乎意料地，刘姐从车上下来。她戴着墨镜，头上裹一条金黄色、印满大花朵图案的围巾，像一位酷爱鲜艳色彩的阿拉伯阔太。

她热情而直接地说：“作家你好啊！我过来给秀钰做辅导。秀钰她在吧？”

“她应该在房间里吧。我也是刚散步回来。”我说。

“哇，看看这些玫瑰花，开得真漂亮，我走的时候一定要摘几朵。”她没有立即进屋的意思，手扶住门廊的栏杆观看那些玫瑰花。

“她怎么了，需要做心理辅导？”我装作不经意地问。

“唉，一言难尽。夫妻间的问题……这样的问题，教徒也免不了会遇上啊。”她看着我，神秘兮兮地说。

我们一起走进屋，她已经从房间里出来了。她俩寒暄了几句之后，她转向我说：“我和刘姐需要单独谈谈，我们要到房间里待一会儿。”

“没问题，你们随便在哪儿谈都行，我刚好想去海边走走。”我说完，又走出客厅。

我并没有去海滩，而是在中途找个地方坐了下来。除了海浪一刻不停的拍击声，周围一片寂静，仿佛能听见光线和墨云般的树的阴影在悄然移动。这个上午经历的一切那么紧张、充满戏剧性，以至于我有点儿因为神经过度兴奋而生出倦意。刘姐不负责任地泄露的有关这对夫妻的“隐私”，和这些天来我所经历的事情里那些细微线索联系起来，让我感觉自己差不多得到了答案——他们中的一方没有生育能力，而另一方则强烈地想要一个孩子！到了这样的年纪，绝望可想而知……可直觉又告诉我，还有一些别的东西无法解释。我说不清究竟是什么，但就是那种蹊跷、怪异的感觉。

我从后院走去前面的时候，听到那个女人声音洪亮地宣布：“你要记住，一切不切实际的欲望、一切心结的实质都是罪……”我走过转角处，看见两个女人在走廊下站着，像姐妹一样手拉着手。她们说在等我回来然后一起开车出去吃饭。我问起男主人，她说：“他厂里有急事，去巴斯了。”她看起来似乎心情好多了。可我觉得，那女人无非是给她暂时注射了一针镇静剂。

6

吃过饭，刘姐把我们送回来。我们又一起喝茶、闲谈，直到三四点钟，刘姐才离开。刘姐离开后，房子里只剩下我和她。我并不是那种怯于和女人单独相处的人，但经历了昨天夜里的事，我感觉尽量不要和她单独待在屋里，以免再引起她丈夫的误会。在刘姐离开之后不久，我打算出门、继续上午未能尽兴的林中散步。我对她说要去林子里走走的时候，她还坐在餐桌那边喝茶，不置可否。可就在我到楼上取了一件外套又跑下楼梯时，我看见她站在大厅中央，在那套大拐角沙发的前面。

“你不用躲着我。”她冷冷地说。

“躲着你？我为什么要躲着你？”我说。

可她不理会我的辩解，继续说：“你不要误会。在我这个年龄，对那种事情早已不感兴趣！再说，一个女人，无论她过去什么模样，现在变成这个样子，恐怕喜欢过她的人也不想再看她一眼。我还是有这个自知之明的。”

她说完看了我一眼，眼神简直是一道寒光，饱含着蔑视。她突然这样直截了当地贬低自己、讽刺我，让我无地自容。

“不要这么说……人都会变老的。”我过一会儿才回过神，无力地说。

“你不是说过，不只是年龄的问题。”她咄咄逼人。

“好吧，我说过。我指的是你整个人给我的感觉变了，你的气质、性格……”

“嗯，你知道为什么吗？”她直视着我问，显出镇静的样子。她眼神里的寒光收敛了，腔调也不再嘲弄。

“不知道，我一直很困惑。”

她微微仰起头，做了个放松的姿态，说：“我有些话想和你说说……你明天就走了。不知道你……有没有空？”

“我当然有空。”我说着，把外套扔在沙发上。

我们又回到餐桌那儿坐下来，但有一会儿，她低着头一语不发。我知道她需要时间，就站起来，又去烧一壶开水、泡上茶。我们俩谁都没有去碰茶，但它放在那儿，似乎就好一点儿，像一道安全的屏障。

“我的生活……唉，这些话真不知道怎么开口。”她凄然地笑了一下。

“不要急，只说你想说的，当我是个傻子。”

“当你是个傻子？”她又笑了，有点儿迷惑。

“一个傻子，一个哑巴，不会去判断你，也不会向任何人泄露你的秘密。”我说。

“所以，你觉得我有秘密？”

“我想我大概猜到了。”我觉得我态度坦率的话能帮助她说下去。

“你猜到了什么？”

“问题是……孩子吧？你们没法要孩子。”

她看看我，似乎琢磨了片刻，才说：“刘姐她们也都是这么想……”

“那么……我猜错了？我们都猜错了？”

“不是错了，那不是问题的全部。”她深吸了一口气，声音很低微却格外清楚地说，“问题是他有病，他一直有男人的那种病。很多年了，我们俩没有夫妻生活。”

她顿了一下，似乎等我的反应。但我完全说不出话，甚至不敢看她。

她继续以一种平静、客观的语调说下去:“结婚不久就有这个问题，一开始以为能治好，后来知道不行。”

“你们在学校时就恋爱了，你们俩……”

“啊，说起来你可能不相信，我们恋爱了三四年，但那时候从没有在一起。我们到了美国以后才住在一起的。他是个特别单纯的男人。”

“你发现了以后并没有离开他？”

“那么多年的感情，又结了婚……怎么能因为这个离开他？那时候是不会这么想的。”

我想：明明你是个特别单纯的女人！

“后来呢？”我问她。

“后来？”她茫然地重复着，“后来……就习惯了。”

但紧接着，她急促而又语无伦次地说：“我不能离开他，我要是离开他他会受不了的，你不了解他，他自残起来太可怕了！他可能会自杀……慢慢就习惯了。而且，再也找不到像他对我这么好的男人了，可是……就是有时候觉得受不了，觉得自己太委屈了！我觉得自己像是没有活过，我的日子全荒废了，再也不会有孩子……啊，有时候我真受不了、受不了，我想对一个人说……你知道我信了教，我是个教徒，我知道这么想是罪，但有时还是……啊，求主宽恕我！”她极力支撑着的镇静破碎了，双手掩面哭起来。

我看到她的手被泪沾湿了，去厨房拿了一张纸巾递给她。除此之外，我还能做什么？我坐下来，仍然不敢直视她。在我眼睛的余光里，只是她灰白的头发、颤动的肩膀和湿漉漉的双手。我什么话也说不出，因为什么话都没有意义。眼前这个女人就像个殉道的人，愚蠢也好，固执也好，在这种带有惨烈意味的行为面前，任何劝慰、任何关于什么值得不值得的讨论都会显得肤浅、无力。

她起身去厨房水池那边洗脸，洗了很久。她转回来，苍白、浮肿的脸上又恢复了平静。她也是以一种平静的声调对我说，这件事她没有告诉过身边的任何人，她害怕伤害他，也没有人让她信任。“他甚至反对刘姐来家里做辅导，虽然我答应过，我绝不会对她说……”她进一步暗示。我明白她的意思，说我感激她信任我，并且保证不会告诉任何人。她说她之所以想和我说，还希望我作为一个作家能告诉她她做得是否对。

“我没有资格判断，真的。但如果我是你，我会离开，尽早离开！”我对她说。

“谢谢你，现在什么都太晚了。”她喃喃地，仿佛自语般地说。

过一会儿，她那张如死亡般静穆的脸上突然浮现出一丝笑容：“……不过，我不后悔。”

不知道为什么，这句话突然激怒了我。

“不后悔？为什么不后悔？是乐于自虐？我不能理解！”我说。

她瞪视着我，笑容宛如瞬间冻结了。然后，她站起身，近乎无情地说：“你当然不能理解，你爱过谁吗？你都不愿意结婚！”

她说完果断地离开我，径直走去她的房间。我呆呆地看着她冷硬的、极其瘦削的背影。突然，她转过身，“你千万不能让他知道我告诉过你什么……”她说，神情严肃得可怕。

“你放心，我绝对不会。”我说。

过后我出去，一个人在林子里逛荡到傍晚。林中奇幻的光线、草木的馨香、你能感觉到的万物的生机，还有不远处那座亮起华灯的白房子……这一切让我感到从未有过的悲哀。周遭越美丽，生活越是显出它平静、有序的幸福模样，我的悲哀就越深！

我回去时，男主人已经到家。夫妇俩一起在厨房里准备晚饭，好像他们没有争吵过，他也没有出走过。

男主人又恢复了温和有礼的模样，在吃晚饭时向我道歉：“本来说要带你去看看厂子呢，但我上午去林子里找你，没找到你，因为急着走……”

“没事儿，我去海滩了。”我撒了个谎。

听说我明天走，他很惊讶，劝我多住两天，说如果我觉得闷，他可以带我去海钓。

“不用了，”我说，“我不钓鱼。我是个没什么户外爱好的人。”

他微笑着说：“其实这些都是瞎玩儿，闲着没事儿总得找个爱好。你们文人有更重要的东西想，不会无聊。”

我笑了笑，埋头吃饭。

但他又问："你还喜欢这地方？下午去树林里逛了很久？"

"这是个散步的好地方。"我说。

"你来了以后，我们这儿有点儿人气了。以前只有我们俩，还挺冷清的。周围毕竟地方太大了，都是树林。秀钰老怕动物进家里。我以前厂里比较忙的时候，她一个人在家，关着门，好几天不出屋……"

"我能想象。"我说。而我脑海里出现的是被大雪封埋起来的房子，位于远离尘嚣的大海边、山林中……真是一个完美的牢笼、漂亮的坟墓！

"我也想过把房子卖了搬到社区里住，但秀钰又不愿意。她不大喜欢和人交往，觉得这里清净。"

"嗯，也许是清净惯了。"我不耐烦地说。

"她这个人其实挺念旧，特别怀念大学时代。自从我们搬到缅因，没有一个老同学来过，这地方也的确是偏了些。你这次能来，她特别高兴。"

我看看她，她在面无表情地低着头喝汤。

我希望他停下来，但他今晚显然谈兴很高：“不过现在好了，生意稳定了。我尽量不过去，能待在家就待在家，好好陪她。”他说着，看着她温存地笑了。

我发现我很难和他若无其事地交谈，他那种克制、宽容、温情脉脉的样子让我几乎无法忍受。我想，好在这一切明天就会结束！

夜里，我敞开着房门，在屋里走来走去弄出些声响，希望她明白我没有睡，因此也许会再给我一个交谈的机会。可楼下一片死寂，再也没有人打开房门走出来。过了十二点，我放弃了希望。我不知道在黑暗中又躺了多久，她的神情历历在目。我陷入各种纷乱、感性的情绪中，后悔自己之前对她不够温柔友善，又渐渐希望自己根本就不曾来过……我就像做了一个漫长、诡异而又悲伤的梦。

天气预报第二天有雨，这给了我上午一早离开的借口。终于，我们走出那栋白房。仅仅一周的时间，天气转凉了，房前的草坪露出枯焦的迹象，林中有些树叶已经变了颜色，只有她的玫瑰还是那样：有些在怒放，有些在凋零，两束等待风干的玫瑰依然倒挂在门廊下……我有种错觉，感觉自己在这里住了很久，对这一切都非常熟悉，甚至生出一丝眷恋。在细微的雨丝里，我们站在车道边告别。她穿着墨绿色的毛衣，因为雨，一些湿润的发丝贴在额头和鬓角。她模样衰老，神情却像个女孩子——一个憔悴、失神、过早枯萎的女孩子。上车前，我以美国人的礼节拥抱了她一下。就在我们分开后的短暂对视里，我感到她有那样一种眼神，就像是她终于卸下了自己沉重的秘密，交付于我带走。之后，我的车沿着那条狭窄的沥青路开走了。从后视镜里，我看见男人反身离开，她还站在车道和马路的交叉口那里，不离开，也不挥手。我看着她的影子越来越小、越来越快地往后飘去，像一片被风卷走的枯叶。

2020 年 1 月 25 日（阴历除夕）

图书在版编目(CIP)数据

在北方 / 张惠雯著. — 北京 : 北京十月文艺出版社，2023.6

ISBN 978-7-5302-2306-2

Ⅰ. ①在… Ⅱ. ①张… Ⅲ. ①短篇小说—小说集—中国—当代 Ⅳ. ①I247.7

中国国家版本馆CIP数据核字(2023)第066966号

在北方
ZAI BEIFANG
张惠雯 著

出　版　北京出版集团
　　　　北京十月文艺出版社
地　址　北京北三环中路6号
邮　编　100120
网　址　www.bph.com.cn
发　行　新经典发行有限公司
　　　　电话 010-68423599
经　销　新华书店
印　刷　北京盛通印刷股份有限公司
版　次　2023年6月第1版
印　次　2023年12月第2次印刷
开　本　880毫米×1230毫米 1/32
印　张　10.25
字　数　170千字
书　号　ISBN 978-7-5302-2306-2
定　价　52.00元
如有印装质量问题，由本社负责调换
质量监督电话　010-58572393